제리엠 게임판타지 장편소설
WISHBOOKS GAME FANTASY STORY

힐통령
태양의 사제

힐통령
태양의 사제 13

제리엠 게임판타지 장편소설

초판 1쇄 찍은 날 | 2019년 9월 23일
초판 1쇄 펴낸 날 | 2019년 9월 30일

지은이 | 제리엠
펴낸이 | 예경원

기획 | 위시북스
편집책임 | 이규재
편집 | 위시북스

펴낸곳 | 예원북스
등록번호 | 제396-2012-000132호
등록일자 | 2012. 7. 25
KFN | 제1-472호

주소 | 경기도 고양시 일산동구 호수로 646-24 위너스21Ⅱ빌딩 206A호 (우)10401
전화 | 031-819-9431 팩스 | 031-817-9432
E-mail | yewonbooks@naver.com

ⓒ제리엠, 2018

ISBN 979-11-365-0168-4 04810
　　　979-11-89450-74-8 (set)

힐통령
태양의 사제

CONTENTS

88장 +
몬스터 투기장

"그런데 있잖아……."

연신 데스몬드를 흘깃거리며 그의 눈치를 살피던 발터가 조용히 말했다.

"처치해야 할 주민들의 숫자가 117명이나 부족한데?"

117명.

아직 도시 안에 남아 있는 뱀파이어 귀족들과, 그들이 지키고 있는 어린 아이, 여자들의 숫자다.

"그건 걱정하지 마."

카이가 슬쩍 뒤를 쳐다봤다.

폐허가 된 자신의 도시를 복잡한 눈빛으로 쳐다보는 데스몬드의 모습이 시야로 들어왔다.

"데스몬드."

고개를 살짝 돌린 그는 가볍게 고개를 끄덕였다.

─……아아.

후우, 짧은 한숨을 내쉰 데스몬드가 힘을 끌어 올리기 시작했다.

쿠드드드.

마치 엘리베이터가 갑자기 올라가기 시작한 것처럼, 그들이 서 있는 공간 전체가 움직였다.

"어어어!"

"잠깐만요! 이건?"

겨우 넘어지지 않게 무게 중심을 잡은 설은영이 물었다.

이에 카이가 대꾸했다.

"타락의 성지가 위치한 장소가 어디인지는 아시죠?"

"이타카 밀림."

"맞아요. 이 던전이 어떻게 등장했는지도 기억하십니까?"

"네. 이타카 밀림의 늪지대가 반으로 갈라지고, 그 사이에서 던전이…… 아!"

설은영이 무언가를 이해한 듯 탄성을 터뜨렸다.

"설마?"

"제 생각이 맞다면 타운 타입의 던전은 공략 방법이 두 가지입니다."

타운은 카이 일행에 의해 최초로 발견된 타입의 던전이다.

당연히 다른 던전들과는 다르게 정석적인 공략 방법 따위는 존재하지 않았다.

"하나는 던전 퀘스트의 내용대로, 도시 내의 모든 주민을 죽이는 것."

쿠드드드.

천장이 그대로 갈라지며 이타카 밀림의 구름 낀 밤하늘이 그들의 머리 위로 떠올랐다.

"그리고 다른 하나는……."

카이는 뒷말을 이어가지 못했다.

띠링!

[수백 년간 지하에 잠들어 있던 타락의 성지, 브룩하임이 세상에 공개됩니다.]

[도시의 뱀파이어들이 중립 NPC로 변경됩니다.]

[브룩하임의 혈통 관리 NPC를 통해 종족을 뱀파이어로 변경하실 수 있습니다.]

[뱀파이어들과의 호감도가 매우 낮은 상태입니다.]

[던전이 클리어되었습니다.]

[레벨이 올랐습니다.]×3

[스탯 포인트를 15개 획득합니다.]

[강자의 자비로 뱀파이어 종족의 아이와 여자들을 살려주었

습니다.]

[새근새근 자고 있던 헬릭이 저도 모르게 부드러운 미소를 지으며 잠꼬대를 합니다.]

[선행 스탯이 10 상승합니다.]

[태양 목격자의 효과로 선행 스탯 5개가 추가적으로 상승합니다.]

[칭호, '브룩하임의 방문자'를 획득합니다.]

"뭐, 뭐……?"

"종족 변경이라니, 이런 건 처음 보는데……?"

"오우, 쉿! 브로! 지금 커뮤니티도 난리가 났어! 브룩하임이 어디 있는 도시인지 벌써부터 질문 글만 수백 개가 올라왔는데?"

"아니, 그런데 엘프나 드워프, 인어들로 종족을 변경할 수는 없는데 왜 뱀파이어만……?"

"아인종들은 새로 태어나지 않는 이상 불가능하기 때문이겠지. 뱀파이어는 물리면 전염이야."

"아……."

평소 감정을 잘 드러내지 않는 설은영과 유하린마저도 잔뜩 들뜬 기색을 보이고 있었다.

그것은 카이라고 다르지 않았다.

'종족을 뱀파이어로 바꿀 수 있다고?'

솔직히 자신이 너무 강력했기 때문이지.

뱀파이어는 인간과 비교도 안 될 정도로 강력한 존재였다.

"데스몬드. 뱀파이어가 되면 어떤 점이 좋지?"

카이의 질문에 데스몬드가 피식 웃음을 터뜨렸다.

-훗. 이제야 밤의 귀족이 지닌 고귀함을 깨달은 것인가?

"헛소리 말고 요점만 간단히."

-우선 재생력이다. 뱀파이어는 인간의 나약한 몸뚱이와는 달리, 자연 치유력이 매우 뛰어나지. 도검에 의한 상처 정도는 하루이틀 지나면 아물게 된다. 두 번째는 역시 영생에 가까운 수명이겠군. 주기적으로 피를 섭취해야 하는 것을 제외하면 음식을 먹지 않아도 영생을 누릴 수 있다. 마지막으로 뱀파이어는 밤 동안 모든 능력이 상승된다. 게다가 보름달이 뜨는 날에는 훨씬 더 강력해지지.

말만 들으면 너도나도 종족을 바꿀 정도로 달콤한 장점뿐이었다.

하지만 카이는 가볍게 고개를 끄덕이며 다시 질문했다.

"물론 단점도 있겠지?"

-……

그 부분을 쏙 빼놓고 말한 데스몬드가 인상을 찌푸렸다.

-아쉽군.

"어서 말해."

-뱀파이어 일족은 신분제다. 지닌 힘이 강해질수록 혈관을

돌아다니는 피도 순수해지지. 강력한 뱀파이어는 하급 뱀파이어를 상대로 절대적인 명령권을 행사할 수 있다.

"그게 끝은 아닐 테고."

……그리고 태양이 떠 있는 동안은 모든 능력이 살짝 감소하는 페널티가 있다.

"오케이. 낮 동안에는 모든 능력치가 대폭 하향되는구나. 아, 그러고 보니……."

뱀파이어 종족은 기본적으로 악마로 취급된다. 당연히 신성력과의 궁합이 나쁠 수밖에 없다.

'뱀파이어로 종족을 바꾸는 순간, 각종 교단의 버프와 회복 효과는 기대할 수 없겠어.'

장점이 명확한 만큼 단점 또한 뚜렷하다.

카이는 뱀파이어 종족에 대한 관심을 깨끗하게 지워냈다.

'나와는 맞지 않아.'

사도의 몸으로 뱀파이어로 덜컥 종족이라도 바꾸게 되면, 헬릭이 울어버릴지도 모르니까.

"끄응, 탱커는 힐러들의 지원을 못 받는 순간 이용가치가 사라지잖아. 난 패스."

"메리트는 매력적이지만, 디메리트가 너무 커."

일행들도 줄줄이 포기 선언을 했다.

오직 마이클만이 싱글벙글 웃고 있었다.

"마이클, 웃는 걸 보니 종족을 변경하려고?"

"아니. 이 프로그램 대박 나겠다 싶어서."

"갑자기 왜?"

카이가 물었다.

"헤이 브로. 왜라니, 지금 몰라서 묻는 건 아니지? 지난 이틀간 무슨 일이 있었는지를 생각해 봐. 이 모험을 상·하편 2부작으로 완벽하게 만들어내면 어떻게 될까?"

"음…… 예능이라고 하기에는 웃긴 장면이 많이 안 나온 것 같은데."

소름이 끼칠 정도로 훌륭한 자기 관찰이었다. 일행들은 그렇게 친한 사이가 아니었고, 때문에 우스운 멘트도 많이 나오지는 않았으니까.

"흐흐. 브로는 나의 편집 실력을 너무 과소평가하는데?"

하지만 마이클은 달랐다.

실실거리며 웃는 그의 머릿속에서는 이미 모든 장면의 구상이 완료된 상태!

'브로와 시스터들에게 이틀 동안 버스를 탄 은혜, 확실히 되갚아주겠어.'

그가 주먹을 불끈 쥐며 다짐을 하는 순간.

"하으……."

갑자기 굉장히 귀여운 소리가 났다.

당연히 그 방향으로 돌아가는 모두의 시선.

그곳에선 밀림에서만 느낄 수 있는 특유의 끈적하고 후덥지근한 더위에 굴복한 유하린이 자신의 투구를 천천히 벗는 중이었다.

사르르륵.

땀에 살짝 젖었지만 여전히 비단결 같은 은발이 투구 사이에서 찰랑거리며 흘러나왔고 때마침 구름에 의해 가려져 있던 초승달이 그 모습을 드러냈다.

"앗……."

일행들의 시선을 느낀 유하린은 볼을 발갛게 물들이며 투구로 제 얼굴을 가렸다.

"그, 그렇게 쳐다보지 말아주세요. 부끄러워요."

마이클은 저도 모르게 박수를 치며 확신했다.

'이 프로그램, 대박 나겠다.'

지난 이틀간의 강행군으로 피로를 느낀 일행들이 모두 로그아웃을 하자 카이의 곁에는 데스몬드만이 우두커니 서 있었다.

그는 아직까지 카이가 그리 달갑지 않은 듯, 퉁명스레 말했다.

-들어가 있겠다. 인간의 본성을 알 수 있는 순간에 나를 부르도록.

빛의 입자가 되어 사라지는 데스몬드.

폐허가 된 광장에 혼자 남게 된 카이는 스탯 창을 불러냈다.

[카이]

[직업 : 태양의 사제]

[레벨 : 451]

[칭호 : 신의 대리자]

[생명력 : 187,200]

[신성력 : 361,500]

[능력치]

힘 : 2,707 / 체력 : 1,872

지능 : 1,744 / 민첩 : 1,217

신성 : 3,615 / 위엄 : 1,184

선행 : 594

남은 스탯 : 55

독 저항력 +30

마법 저항력 +40%

자연친화력 +200

신성력을 소모하는 모든 스킬의 효과 +50%

악마/언데드에게 주는 피해 +50%

450을 넘긴 레벨. 심지어 모든 스탯의 수치가 1,000을 넘어선 경이로운 스탯 창!

'보기만 해도 배가 부르네.'

만족스러운 미소를 띤 카이가 꺼내 든 것은 스킬 북!

"메모리 다이브."

데스몬드가 떨어뜨린 스킬 북.

'사실 좀 이상하단 말이지.'

대부분의 보스 몬스터들은 자신이 배운 스킬을 기술로 떨어트리게 마련이었다. 아오사의 푸른 역병, 자탄의 중력장이나 석화가 그 대표적인 예였다.

'하지만 데스몬드가 이 스킬을 사용하는 것은 본 적 없어.'

그가 사용하는 기술들은 죄다 피를 이용한, 뱀파이어 특유의 기술들이었다.

그렇다면 남은 답은 하나뿐.

'데스몬드가 이 스킬 북 자체를 보관하고 있었을 경우.'

마왕의 부하였던 그가 지하 세계에 틀어박혀 보관하고 있던 스킬.

카이는 떨리는 마음으로 스킬의 내용을 확인했다.

"아이템 감정."

[메모리 다이브]

등급 : 레전더리

먼 옛날 천계에서 가장 강력한 힘을 자랑하던 루시퍼를 타락시켰던 악마의 기술.

상대방이 기억 속에 뛰어들어 대상의 마음과 기억을 변경할 수 있다.

재사용 대기 시간 : 일주일.

습득 제한 : 레벨 400.

"메모리 다이브라……"

카이가 살짝 놀란 음성으로 중얼거렸다.

'그 녀석을 타락시킨 게 이 스킬이었단 말이지?'

대상의 기억에 뛰어들어 기억과 마음을 바꿀 수 있다니.

'놀라운 힘이야. 스킬의 설명대로라면 대상을 타락시키는 건 일도 아닐 테니까. 하지만……'

이 힘을 꼭 대상을 타락시키는 데만 사용하라는 법은 없지 않은가.

'사용하기에 따라서는 악한 자를 선하게 되돌릴 수 있지도 않을까?'

물론 해보기 전에는 알 수 없는 일이다.

"아이템 사용."

메모리 다이브 스킬을 습득한 카이는 주먹을 불끈 쥐었다.

'언젠가 사용해 볼 날이 오겠지.'

그 날이 조만간 오기를 바라며, 카이는 입술을 달싹였다.

"신출귀몰."

그의 모습이 나타난 곳은, 도시의 뒷골목이었다.

"미믹 소환…… 아, 역소환당한지 24시간이 안 지났지."

옅은 한숨을 내쉰 그는 스스로 과자 가게에 들어갔다.

조용한 하늘 위의 낙원.

천상의 정원에 한 남자가 나타났다.

"헬릭 님……?"

남자, 카이는 고개를 갸웃거리며 주변을 둘러봤다.

"아니, 대체 어디 가셨지?"

평소 같았으면 등장과 동시에 '간식이다!'라고 소리치며 달려들었어야 했거늘. 오늘은 헬릭의 모습은 물론, 탐스럽도록 풍성한 태양빛 금발조차 볼 수 없었다.

"설마……?"

카이의 표정이 심각해졌다.

그것은 초등학교 2학년 무렵의 딸이 오후 6시가 넘어서도 집에 들어오지 않았을 때, 부모님이 짓는 표정과 똑 닮아 있었다.

'납치?'

걱정스러운 마음이 덜컥 든 그는 다시 한번 신출귀몰을 사용했다.

땅! 땅!

용암이 흘러내리는 거대한 화덕이 들어선 공방.

그곳은 대지의 신인 호른이 기거하는 장소였다.

'이런 일이 생길까 봐 주변 신들의 거주 공간을 한 번씩 방문했었지.'

카이는 공방의 문을 두드렸다.

똑똑!

"호른님!"

똑똑!

"호른님!"

그러자 안쪽에서 들리던 망치질 소리가 멈추더니, 문이 덜컥 열렸다.

"으응? 이게 누구야. 치맥아닌가."

"카이입니다. 그것보다 호른님. 혹시 헬릭 님이 어디 계신지 아십니까? 정원에는 없으시던데."

"아아, 그 꼬맹이 말이지?"

호른이 애매한 표정을 지으며 웃었다.

"정원으로 돌아가 보게. 그리고 모습을 숨긴 채 느긋하게 기다려 봐. 재미있는 모습을 볼 수 있을 테니."

"……재미있는 모습이라뇨?"

"그건 자네의 즐거움을 위해 비밀. 그럼 나는 하던 일이 있어서 그만."

닫힌 문을 물끄러미 쳐다보던 카이는 그의 조언대로 정원에 돌아가 모습을 숨겼다.

그렇게 한 시간, 두 시간…… 무려 다섯 시간이 흘렀을 때.

강렬한 태양빛이 번쩍이며 헬릭이 그 모습을 드러냈다.

"히잉……."

털레털레.

의욕이라고는 눈곱만큼도 느껴지지 않는 발걸음으로 의자로 돌아간 헬릭은 옆구리에 찬 보따리 하나를 뒤집더니 털털 털었다.

떨그럭.

그 안에서 나온 것은 그녀의 얼굴만큼 커다란 롤리팝 사탕 하나.

그녀는 그 롤리팝 사탕을 쳐다보며 눈을 감았다.

"주신님. 이렇게 기도드립니다. 제발 제 대리자가 다음번에 방문할 때는, 사탕으로 지어진 집을 선물할 수 있도록 해주세요. 적선 받으러 다니는 거 너무너무 힘들어요……."

"……."

그 모습을 쳐다보던 카이는 할 말을 잃어버렸다.

"푸흡!"

대륙의 최대 성세를 자랑하는 태양신이 고작 과자와 사탕을 많이 얻기 위해 주신께 기도를 올리다니.

그 상황이 참을 수 없이 웃겼기에, 카이는 저도 모르게 웃었다.

반응은 즉각적으로 터져 나왔다.

"우우?"

천상의 정원에서 뜬금없이 튀어나온 웃음소리에 헬릭이 잔뜩 겁에 질린 표정을 지었다. 두 귀를 잔뜩 움츠린 그녀는 롤리팝의 막대 부분을 두 손으로 잡으며 주변을 둘러봤다.

"누, 누구……."

"워!"

수풀에 숨어 있던 카이가 자리에서 일어나며 큰 목소리로 놀래키자, 헬릭이 비명을 터뜨렸다.

"흐아아아앙!"

두 눈을 질끈 감고 롤리팝 사탕을 붕붕 휘두르는 헬릭.

결국 그녀의 참을 수 없는 귀여움에 넘어간 카이는 큰 웃음을 터뜨렸다.

"하하하하!"

카이가 배꼽을 잡으며 웃자, 잔뜩 울먹인 표정의 헬릭이 그를 쳐다봤다.

"카, 카이……?"

그녀는 지진이라도 난 것처럼 요동치는 눈동자로 카이를 올려다보며 물었다.

"그…… 으으…… 어, 언제부터 거기에……?"

"흐음."

카이가 제 턱을 어루만지며 장난스러운 목소리로 말했다.

"글쎄요? 하지만 헬릭 님이 주신님한테 기도하는 부분은 못 봤으니 걱정하지 마세요."

"저, 정말로 못 봤느냐? 정말로?"

헬릭의 얼굴이 밝아지며 안도하는 듯한 표정이 떠올랐다.

"네. 그런데 말입니다."

꾸욱, 꾹.

"우부으……."

카이의 큼지막한 손에 두 볼이 잡힌 헬릭이 고개를 갸웃거리며 그를 올려다봤다.

"우우…… 지큼 뭐하훈 거시햐(지금 뭐하는 것이냐)."

"지금 손에 들고 계신 롤리팝 사탕, 드린 기억이 없는데 어디서 난 겁니까?"

"흐우우!"

헬릭이 재빨리 제 등 뒤로 사탕을 숨겼다. 그녀는 불안한 눈빛을 아랫쪽으로 데굴데굴 굴리며 땅만 쳐다봤다.

꾸욱, 꾸욱.

그 순간에도 카이는 헬릭의 두 볼에 꾹꾹이를 시전하고 있었다.

'어라, 뭔가 치유되는 기분……'

마치 갓 구운 빵, 혹은 갓 쪄서 나온 찹쌀떡을 만지는 것 같은 부드러운 감촉. 심지어 그녀의 볼은 살짝 꼬집고 늘리면, 5cm 정도는 쭈우욱 늘어나는 것이 너무 재밌었다.

처음에는 살짝 혼을 내려고 붙잡은 것이었다. 하지만 그 오묘함에 깊이 빠져든 카이는 본격적으로 두 손을 이용해 볼을 늘리기 시작했다.

꾸우욱, 꾸욱.

"그, 그하해 주며 안회흐야?(그, 그만해 주면 안 되느냐?)"

"버, 벌입니다. 어…… 아무튼 벌입니다."

카이는 이후로도 실컷 헬릭의 볼을 가지고 놀다가, 그녀가 울음을 터뜨릴 것 같아 그만뒀다.

'아쉽네.'

족히 10분은 늘렸음에도 불구하고, 손가락 끝에 그 부드러운 감촉이 남아 있어 아쉬웠다.

"흠. 벌을 받으셨으니 그 사탕을 가지고 있는 건 봐드릴게요."

"고, 고마우니라."

일생의 보물이라도 된 듯, 제 얼굴만 한 롤리팝을 사랑스럽게 끌어안는 헬릭.

그 모습이 또 귀여워진 카이는 그녀의 풍성한 금빛 머리카락을 쓰다듬으며 물었다.

"그런데 그 사탕은 어디서 얻으신 거예요?"

"헤헤……."

아랫입술을 살짝 깨물며 귀여운 표정을 지은 헬릭이 몸을 베베 꼬으며 말했다.

"그대가 지난번 연회 때 다른 신들에게 준 선물 보따리 있지 않느냐."

"있었죠."

분명 있었다.

연회를 떠나는 신들에게 하나씩 쥐어준 선물 보따리. 그 안에는 여러 종류의 음식들이 넣어졌는데, 사탕이나 초콜릿, 과자도 물론 들어 있었다.

"내가 막막 다른 신들의 정원을 청소해 주고, 사탕이랑 과자들을 보상으로 받았느니라."

헬릭은 뿌듯함이 잔뜩 묻어 있는 목소리로 말했다.

물론 그 말을 듣는 카이는 큰 충격에 빠졌다.

'다른 신들한테서라니…… 그럼 설마 그때부터?'

카이가 기억을 더듬었다. 파발이 자신에게 무릎을 꿇던 순간, 선행 스탯이 오르며 그런 메시지가 떠오르기는 했었다.

'다른 신들에게 과자를 적선받고 다니던 헬릭이 이 모습을 보며 환한 미소를 짓습니다……'라고.

'맙소사. 그럼 나의 귀여운 태양신께서……'

사탕을 받기 위해 남의 집 청소나 하고 다녔다니!

"헬릭 님. 앞으로 그런 거 하지 마세요."

"하, 하지만……."

헬릭이 조그마한 발끝으로 땅을 톡톡 두드리며 어깨를 흔들었다.

"사탕…… 먹구 싶으니라……."

"후우."

이 단것에 중독된 신을 대체 어찌해야 할까.

자식이기는 부모가 없는 것처럼, 신을 이기는 신자도 없는 법이다.

결국 카이는 두손 두발 다 들었다.

"항복. 좋습니다. 오늘부로 간식 금지령을 풀어드릴게요."

"저, 정말이느냐?"

헬릭이 두 눈을 반짝이며 잔뜩 흥분한 목소리로 물었다. 그녀의 머리 위쪽에서는 연신 황금빛 광채가 폭죽처럼 터져 나왔다.

"예. 원래는 조금만 드리려고 했는데……."

마음이 약해진 카이는 인벤토리에서 그녀의 간식들을 꺼내기 시작했다.

"오늘은 먹고 싶은 만큼 다 드십시오."

"우우…… 카이여! 그대밖에 없느니라!"

카이의 품에 쏘옥 들어온 헬릭은 그간에 느꼈던 서러움을 털어내듯, 엉엉 울었다.

"케이크가 그리 좋으십니까?"

"응!"

"저보다 좋으세요?"

"우으……?"

포크로 케이크 한 조각을 막 들어 올린 헬릭의 눈동자가 거세게 흔들렸다.

"무, 물론 그대가 더……."

"확실하죠?"

"으웅."

별로 자신이 없는 듯한 말투.

'케이크 이기려면 부지런히 점수 따야겠네.'

어깨를 으쓱거린 카이는 무언가가 생각난 듯 그녀에게 물었다.

"아참, 헬릭 님. 혹시 메모리 다이브라는 기술에 대해서 아십니까?"

"……메모리 다이브?"

헬릭의 눈빛이 착 가라앉았다. 그녀는 그토록 좋아하던 케이크를 내려놓으며 카이를 쳐다봤다.

"그것을 그대가 어찌 아느냐?"

그녀답지 않은 진지한 목소리.

당황한 카이가 저도 모르게 설명을 늘어놓았다.

"아니 그…… 이번에 뱀파이어 군주를 처치했는데, 그 녀석에게 얻었습니다."

"메모리 다이브라."

눈을 지그시 감은 헬릭이 입을 열었다.

"카이여. 진정 그 힘을 사용할 생각인가?"

"일단 배워두기는 했습니다만……."

"그렇구나. 그렇다면 한 가지만은 꼭 기억해 두거라."

"경청하겠습니다."

"기억, 과거의 경험을 통해 획득한 생각, 지식과 지혜, 하다못해 성격까지…… 메모리 다이브는 이것들을 뒤바꿀 수 있는 무시무시한 힘을 지닌 기술이다."

"설명은 읽어봤습니다. 루시퍼를 타락시킨 기술이라고 하더군요."

"그대가 바꾼 기억이 대상의 현재에 어떤 영향을 미치게 될 것인지는 두 번, 세 번, 설령 열 번을 고민하더라도 부족함이 없을 것이다."

"명심하겠습니다."

간만에 태양신다운 위엄을 보여준 헬릭은 진중한 표정으로 고개를 천천히 끄덕이며 말했다.

"그리고 이 케이크 맛있느니라. 다음에 또 사 오거라."

"……네."

카이는 저도 모르게 아빠 미소를 지었다.

"메모리 다이브라. 헬릭 님이 그렇게 진지한 표정을 짓는 건 처음 보는 것 같은데……."

대체 어떤 종류의 기술이길래?

덩달아 심각해진 카이는 고개를 흔들며 옅은 한숨을 내쉬었다.

'뭐, 지금 고민해 봤자 답은 없나.'

시간이 늦었다. 오늘은 여기까지 하기로 마음먹은 카이가 접속을 종료했을 때, 초인종이 울렸다.

"택배…… 일리는 없고."

달이 차오른 야밤에 배달을 하는 택배원은 없으니까.

현관문으로 향한 정우는 인터폰을 통해 야밤의 방문자를

확인했다.

'설은영?'

정말이지 예상치 못한 순간에, 뜬금없이 찾아오는 것을 즐기는 사람이다.

"무슨 일입니까?"

문을 열며 묻자, 설은영은 양손에 하나씩 쥐고 있던 캔 맥주를 들어 올렸다.

"할 얘기가 있어서요. 시간 괜찮으시면 잠깐 복도에서 얘기 좀 하실래요?"

"……알겠습니다."

슬리퍼를 신고 복도에 나가자 설은영이 캔 맥주를 건넸다.

"바이엔슈테판이네요. 맛있다고 정평이 난 맥주죠."

"……아세요?"

설은영이 살짝 놀란 표정을 지으며 물었다.

이에 정우는 낮은 웃음을 흘리며 고개를 끄덕였다.

"예. 얼마 전에 맥주에 대해서 알아볼 일이 좀 있어서요."

호른을 위해 최고의 치킨과 맥주 조합을 연구할 때, 알게 된 세계적인 맥주 중 하나였다.

"술을 좋아하시나 봐요."

"그리 즐기는 편은 아니에요. 못 마시는 건 아니지만요."

톡 쏘는 시원한 맥주를 목 너머로 넘긴 정우는 복도의 난간에 기대 밤하늘을 쳐다봤다.

"멋진 하늘이네요."

"종종 마음이 답답할 때면 이렇게 복도에서 맥주를 마셔요. 밤바람과 달, 맥주의 조합은 최고거든요."

"천화 길드 마스터의 취미라기에는 소박하네요."

"저라고 뭐 다르겠어요."

설은영은 살짝 눈꺼풀을 내리깔며, 골목의 담장에 누운 길고양이를 내려다보았다.

"남들이랑 똑같죠. 가지지 못한 것을 가지기 위해, 손에 쥔 것을 빼앗기지 않기 위해, 노력하면서 열심히 발버둥 칠 뿐……."

"그 말, 인터뷰에서는 안 하셨죠?"

"푸훗. 아쉽게도 그 정도 눈치는 있네요."

그녀는 꿀꺽꿀꺽, 시원하게 맥주를 마시더니 입을 열었다.

"서로 돌려 말하는 건 싫어하는 타입이니 단도직입적으로 말할게요. 워리어스에서 프리츠 공성전에 대해 제안을 보내도 참가하지 말아주세요."

"……프리츠라면."

현재 워리어스와 천화가 동시에 노리고 있는 대도시.

'그러고 보니 워리어스의 공성전 날짜가 조만간이네.'

정우는 맥주를 홀짝이며 사태를 파악했다.

'그렇군. 워리어스에서 자탄 공략권을 빌미로 넘긴 게 프리

츠의 공성전 권한이었어.'

상황을 이해한 카이는 고개를 끄덕였다.

"그런 거라면 뭐, 걱정 안 하셔도 될 것 같습니다."

"⋯⋯이렇게 쉽게요?"

설은영이 당황한 목소리를 뱉어냈다.

그야 정우가 이토록 쉽게 고개를 끄덕이리라고는 생각하지 못했으니까.

하지만 정우는 쿨한 표정을 지으며 어깨를 으쓱거렸다.

"예, 솔직히 공성전은 귀찮기도 하고요."

"⋯⋯고마워요."

얼떨떨한 표정으로 감사의 인사를 건넨 설은영은, 품속에서 뭔가를 꺼내 들었다.

"사실 제안을 거절하면, 이걸 선물로 준 뒤 다시 한번 제안할 예정이었어요."

"이게 뭡니까?"

그녀가 건넨 것은 한 장의 사진이었다. 아니, 정확히 말하면 게임 속의 스크린샷을 사진으로 인화한 것이라고나 할까.

아무 생각 없이 사진을 확인하던 정우의 인상이 구겨졌다.

"⋯⋯이거 뭡니까."

그의 목소리는 착 가라앉은 상태였다.

게다가 살짝 화난 표정으로 따지듯 설은영을 쳐다봤다.

설은영이 재빨리 물러서며 두 손을 들었다.

"오해하지 말아줘요. 저희 쪽이랑은 관련 없는 일이니까."

"……천화 쪽에서 이런 더러운 술수를 쓸 거라고 생각하지는 않았습니다."

사진 속에 찍힌 것은 블리자드였다. 그것도 개 목걸이 같은 두꺼운 목걸이를 한 채, 철창에 갇혀 있는 블리자드.

"검은 벌 사냥 때 봤어요. 당신의 소환수죠?"

"맞습니다. 여기 대체 어딥니까."

"하란이라는 도시, 알아요?"

"……하란이요? 처음 듣습니다만."

라시온 왕국의 지리는 빠삭하게 꿰고 있는 그였지만, 한 번도 들어보지 못한 지명이었다.

"칼데란 제국에 위치한 최대 규모의 유흥 도시예요. 각종 도박과 경매가 이루어지는 장소지요. 하지만 최근 가장 핫한 사업체가 새롭게 생겨났어요."

"이 녀석이 거기에 관련되어 있습니까?"

"예. 기존에 사람과 사람이 붙던 투기장의 레퍼토리는 너무 똑같아서 차츰 인기가 식어가는 추세예요. 때문에 하란 시에서 자체적으로 추진한 사업이 바로 몬스터 투기장. 몬스터와 몬스터를 싸움 붙이는 오락이에요."

"……그렇군요."

설명은 그 정도로도 충분했다. 리자드족의 자랑스러운 전사인 블리자드가 스스로 그런 더러운 전장에 참여할 리 없었으니까.

"좋은 정보 감사합니다. 이 은혜는 나중에 갚죠."

"혹시나 싶어서 하는 말이지만, 하란 시에는 칼데란 제국의 기사들이 쫙 깔려 있어요. 될 수 있으면 대화로 일을 풀어나가는 게 좋을 거예요. 칼데란 제국은 대륙에서 제일 강대한 힘을 자랑하는 두 나라 중 하나니까요."

"대화 좋지요."

맥주를 단숨에 비워 버린 정우가 저도 모르게 미소를 지었다.

"물론 상대방에게 대화할 의지가 있다면 말입니다. 맥주 잘 마셨습니다."

인사를 마치고 제집으로 들어가는 정우를 쳐다보던 설은영이 옅은 한숨을 내쉬었다. 오늘따라 밤바람이 서늘하게 느껴졌다.

복도의 벽에 횃불이 달려 있음에도 불구하고 맞은편의 철창 안쪽은 어둡고 조용했다.

"……."

횃불이 일렁거릴 때마다, 철창 안쪽에서 눈을 감고 얌전히 앉아 있는 인영이 엿보였다.

저벅, 저벅.

철창 밖에서 누군가가 걸어오는 소리가 들렸지만, 여전히 그의 눈은 뜨이지 않았다.

"어이! 231번, 준비해라. 경기다."

경비병 복장을 하고 있는 두 명의 사내는 열쇠 꾸러미에서 열쇠 하나를 찾아 철창을 열며 소리쳤다.

그제야 감겨 있던 인영의 눈이 뜨여졌다.

번쩍.

어둠 속에서 노랗게 빛나는 그것은 사람의 눈동자가 아니었다. 세로로 길쭉하게 세워진 눈동자는 파충류의 그것.

"……231번이 아니다."

자리에서 일어난 노란 눈의 주인은 인상을 찡그리며 경비병을 노려봤다.

"블리자드. 마스터께서 지어주신 나의 자랑스러운 이름이다."

"허, 진짜네? 도마뱀 새끼가 말도 해."

"그렇다니까? 그나저나 제국어는 아닌 것 같고, 라시온 왕국쪽 언어 같지?"

"쯧. 알게 뭐야. 사람 흉내 내는 것 같아서 소름 끼치네."

"……."

블리자드의 손목과 발목, 목에는 단단한 구속구가 채워진 상태였다. 경비병들은 구속구에 달린 줄을 당겨 그를 짐승처럼 거칠게 이끌었다.

"빨리빨리 나오라고. 챔피언 씨, 관중들이 너만 기다리고 있는데 이렇게 게을러서 되겠어?"

"팬 서비스를 모르는 도마뱀이구만."

두 경비병이 낄낄거리며 웃었다.

그때였다. 블리자드의 눈이 번쩍인 것은.

화악-!

그는 경비병들의 감시가 느슨해진 틈을 타 손목의 구속구를 경비병의 목에 걸었다.

"커억, 크에엑!"

"이, 이 새끼가!"

다른 경비병 하나가 황급히 검을 뽑으려 하자, 블리자드는 몸을 날려 어깨로 그의 가슴을 박았다.

콰드득!

"커억!"

뼈가 부러진 채 벽으로 날아간 경비병은 그대로 정신을 잃고 쓰러졌다. 때마침 목을 조르고 있던 경비병도 산소가 부족했는지 게거품을 물며 쓰러졌다.

'기회.'

블리자드는 아까 두었던 경비병의 품을 뒤져 열쇠 꾸러미를 찾았다.

철그럭, 철그럭.

어둠 속에서도 대낮처럼 사물을 볼 수 있는 그는 수십 개의 열쇠를 제 구속구의 열쇠 꽂이에 차례대로 집어넣었다.

'맞는 열쇠가 없다. 왜인가?'

블리자드의 미간이 찌푸려지던 순간.

"이거, 왜 안 오나 했더니…… 재미있는 일이 벌어지고 있잖아."

복도 저편에서 낮은 웃음소리가 들렸다.

새롭게 등장한 사내는 기사의 상징인 풀 플레이트 메일을 장비한 상태였다. 철창을 어깨 위에 걸친 그는, 두 팔을 창대 위에 두르고는 열쇠 꾸러미를 흔들었다.

"혹시 이거 찾나?"

짤랑, 짤랑.

"쯧쯧. 그 녀석들은 철창밖에 못 열어."

"……."

그렇군.

빠르게 상황을 파악한 블리자드는 대답 대신, 기절한 경비병의 검집에서 검을 뽑아냈다.

"호오, 한 번 해보려고? 아서라. 그러다가 오늘 경기 못 나가."

기사의 만류에도 불구하고 블리자드는 이미 달리기 시작한 상태였다. 비록 구속구 때문에 보폭을 크게 가져갈 수는 없었지만, 그의 움직임은 충분히 빨랐다.

"쯧. 말귀를 이렇게 못 알아들으니 몬스터 소리를 듣지."

혀를 찬 기사는 품속에서 뭔가를 꺼내 꾸욱 눌렀다.

지지지직-!

동시에 블리자드의 목에 걸려 있던 구속구에서 전류가 터져 나왔다. 순식간에 몸이 뻣뻣하게 굳은 블리자드는 달려오던 자세 그대로 바닥에 처박혔다.

"그러니까 경기 전에 함부로 몸을 굴리면 안 돼요. 넌 상품이거든. 널 보려고 오는 관중들이 몇 명인지 알아?"

툭, 툭.

블리자드는 자신의 뺨을 기분 나쁘게 툭툭 때리는 사내를 노려보았다.

그는 어깨를 으쓱거리며 뒤로 물러났다.

"그리고 적당히 힘 좀 빼고 싸우라고 몇 번을 말해? 슬슬 지루하다고 원성이 쌓이기 시작한다고. 경기라는 게 좀 치고받고 해야 재밌는 거 아니겠어?"

말을 내뱉던 기사는 돌연 뭔가가 생각났는지, 창을 한 바퀴 돌렸다.

푹!

"햐, 이래도 비명 한 번 내지르지 않네. 역시 리자드맨 족의 전사! 대단한 인내심이야."

블리자드의 허벅지를 관통한 창날은 빠르게 회수되며 사내의 어깨 위로 돌아갔다.

"네가 적당히 할 생각을 안 하면, 우리도 이런 식으로 페널티를 줄 수밖에 없어."

"⋯⋯."

블리자드의 노란 눈동자가 기사를 사납게 노려봤다.

"어우, 그렇게 노려보시니 존나 무섭잖아요."

기사가 낄낄거리며 블리자드를 도발하는 순간, 경비병들이 몰려왔다.

"10분 내로 준비시켜서 경기장 내보내."

"알겠습니다!"

기사의 명령을 받은 경비병들이 블리자드를 부축하며 경기장으로 데려갔다.

"이제 여기가 네 집이야. 평생 여기서 살아야 하는데, 사이좋게 좀 지내자고."

뒤에서 들려오는 장난기 어린 목소리를 들으며, 블리자드는 두 눈을 꾹 감았다.

'마스터⋯⋯.'

항상 시원한 미소를 짓고 있던 그의 모습은, 시간이 지날수록 흐릿해져만 갔다.

설은영과 헤어진 지 정확히 네 시간이 지났을 때. 한정우는 살짝 무거운 눈꺼풀을 억지로 들어 올렸다.

"으음……."

랭커에게 있어서 숙면은 사치다. 물론 정우처럼 압도적인 1위라면 숙면보다 더한 사치를 부려도 된다. 실제로 근래 정우의 수면 시간은 못해도 일곱 시간 이상이었다.

하지만 오늘만큼은 아니었다.

'오랜만에 일찍 일어나서 그런지, 정신이 조금 멍하네.'

지금은 블리자드가 얼굴도 모르는 놈들에게 잡혀서 강제적인 싸움을 요구당하는 상황. 알아볼 것이 많았기에 팔자 좋게 꿈나라나 여행할 시간은 없었다.

또르르륵.

얼마 전 구비한 커피 머신으로 에스프레소를 내린 정우는 거기에 샷을 세 개 추가했다. 일반인이라면 혀끝에 닿자마자 오만상을 찌푸리며 뱉을 정도의, 도저히 커피라 부를 수 없는 액체. 당연히 정우도 그것을 커피라고 생각하지는 않았다.

'각성제.'

졸린 정신을 일깨우고, 혈관 가득 카페인을 주입하기 위한 각성제. 정우는 쓰리샷을 추가한 에스프레소를 그러한 용도로 사용했다.

꿀꺽.

사약과도 같은 액체를 목구멍으로 털어 넘기자, 살짝 멍했던 정신이 번쩍 뜨여졌다.

"후우……."

목구멍이 따끔거릴 정도로 쓰디쓴 액체를 마신 정우의 눈빛은 그 어느 때보다도 또렷했다. 빠르게 간단한 세안을 마친 그는 서둘러 캡슐 안쪽으로 들어갔다.

게임에 접속한 그가 가장 먼저 한 일은, 손가락을 튕기는 것이었다.

"블리자드, 역소한."

사실 이 방법이 통한다면, 굳이 칼데란 제국까지 갈 필요도 없다. 하지만 일은 생각처럼 쉽게 흘러가지 않았다.

띠링!

[블리자드가 소환/역소환될 수 없는 상태입니다.]

"흐음."

소환과 역소환이 될 수 없는 상태라.

눈을 가늘게 뜨며 턱을 어루만진 카이는 블리자드의 정보를 띄워 올렸다.

[블리자드 LV.323]

[등급 : 필드 보스]

[포만감 : 23/100]

[충성도 : 91/100]

"블리자드……."

마지막으로 녀석의 상태를 확인했을 때는 루시퍼의 날개를 팔기 전. 그때의 녀석은 318레벨이었고, 포만감도 충분한 상태였다. 물론 충성도 98로 지금보다 매우 높은 수치였고.

'몰라줘서 미안하다.'

상태만 놓고 본다면 블리자드는 그 이후에 잡힌 것으로 추정되었다.

카이는 자신의 무능함에 가볍게 치를 떨었다.

"주인이 되어서 소환수 관리 하나 제대로 못하다니……."

동시에 이런 상황을 만든 유흥 도시 하란. 그곳에 대한 분노도 천천히 끓어올랐다.

'재미있는 놈들이네.'

카이의 신형이 물감처럼 흐려지며 사라졌다.

칼데란 제국은 편리한 마법보다는 무(武)를 숭상하기로 유명한 제국이었다. 그 때문인지, 다른 왕국 사람들은 칼데란 제국의 대도시에 방문하면 가장 먼저 입을 벌린다.

"우와……"

수많은 사람들의 허리춤과 등에는 검집이 매달려 있었다. 심지어 장을 보는 아주머니는 물론, 14살짜리 아이라고 해도 예외는 아니었다.

칼데란 제국의 시민이라면 어려서부터 검술을 배우는 것이 필수 교양에 속했기 때문이다. 때문에 칼데란의 농부는 타왕국의 견습 기사보다 검을 잘 다룬다는 농담마저 나돌 정도였다.

"다음!"

그건 유흥도시 하란도 마찬가지였다. 길거리를 메운 사람들 중 태반은 검을 들고 다녔다.

"흐음. 드라질 상단이라? 처음 듣는 이름이군."

하란의 성벽을 검문하던 병사가 의심 섞인 눈초리로 긴 행렬을 노려봤다.

"신생 상단입니다. 아란 왕국에서 오는 길이며, 상단을 증명해 줄 패는 여기 있습니다."

"흠."

상단주로 보이는 남자가 건넨 패를 꼼꼼히 살피던 병사가 고개를 끄덕였다.

"패에는 문제가 없군. 그럼 남은 건 교역품인데……."

"문제없음!"

교역품을 확인하던 동료 병사들이 사인을 보내자, 그는 그때서야 패를 돌려주었다.

"부디 좋은 상행이 되길 바라네."

"감사합니다."

드라질 상단의 행렬이 검문소를 통과하려던 찰나, 병사가 돌연 소리쳤다.

"잠깐!"

"……."

선두에 있던 상단주가 천천히 몸을 돌리며 물었다.

"무슨 문제라도?"

"아니, 머리 위의 그걸 뭐라 부르나 궁금해서 말일세. 지난번에 들었는데 까먹었단 말이지."

병사가 자신의 머리를 톡톡 두드리며 물었다. 현재 드라질 상단의 직원들은 모두 기묘한 형태의 두건을 쓰고 있었는데, 이는 사막의 뜨거운 태양열을 막기 위해 아란 왕국의 시민들이 즐겨 쓰는 형태의 두건이었다.

상단주가 웃었다.

"터번이라고 부릅니다."

"터번, 터번이라…… 내 이번에는 꼭 기억해 두지."

"감사합니다. 아참, 질문 하나 드려도 될까요?"

"얼마든지."

"최근 하란에서 가장 유명한 관광 장소가 몬스터 투기장이라고 하던데, 맞습니까?"

"크흐흐. 가볼 텐가? 생각 잘 했네. 한 번 보면 인간들이 싸우는 건 시시해서 못 볼 걸세. 다양한 몬스터들이 서로의 목숨을 걸고 싸우는 게 얼마나 스릴 넘치는지…… 저 앞쪽 광장에서 왼쪽으로 꺾으면 원형 콜로세움이 보일 걸세."

"감사합니다. 장사하는 사람이라면, 최신 트렌드는 알아둬야 할 것 같아서요."

"생각이 참 깨어 있는 양반이군. 장사도 곧잘 하겠어."

웃는 병사를 뒤로한 상단은 곧장 검문소를 통과해 몬스터 투기장으로 향했다.

"이 인원이 전부 관람하신다고요……?"

"안 됩니까? 돈은 충분합니다."

"아, 아뇨. 가능합니다. 아! 다만 231번의 대결은 자리가 매진되어서 입석으로 보셔야 해요. 괜찮으시겠어요?"

"231번이라면……?"

"흐흐, 모르시는구나?"

매표소 직원이 실실거리며 말했다.

"저희 몬스터 투기장의 간판스타라고 할 수 있는 녀석이죠. 블랙 리자드맨 일족의 전사인데, 빠르기와 힘, 기교까지 세 박자를 모두 갖춘 녀석이에요. 그 녀석 경기가 잡히는 날에는 이렇게 전 좌석이 매진됩니다."

"……재미있습니까?"

상단주의 물음에 매표소 직원은 손사래를 치며 과장되게 웃었다.

"당연한 걸 물으시네. 둘이 보다가 하나가 죽어도 모를 정도로 재밌죠."

"그렇군요. 그럼 입석으로 주십시오."

직원들의 대금까지 모두 치른 상단주는 터번을 고쳐 쓰며 콜로세움 안으로 이동했다.

"죽여라! 죽여!"

"231번! 231번!"

"검은 혜성! 검은 혜성!"

수천 명의 관중을 족히 수용할 수 있는 콜로세움은 발 디딜 틈 하나 없는 상태였다. 좌석들은 이미 모두 매진된 상태였으며, 입석들도 대부분이 팔렸는지 옆 사람과 부대끼며 경기를 봐야 했다. 여기저기서 팝콘과 맥주가 넘쳐흘렀고, 사람들은 231번을 연호했다.

물론 상대편을 응원하는 목소리도 간간히 터져 나왔다.

"오우거 전사! 난 네놈에게 걸었다!"

"451배 잭팟 가즈아아—!"

모두 배당률이 말도 안 되게 높은 상대편에게 돈을 건 이들이었다.

"자리가 많이 불편하네요."

부하 직원의 목소리에 상단주는 말없이 고개를 끄덕였다. 그는 깨끗한 돌로 뒤덮인 경기장을 조용히 내려다보는 중이었다.

"자, 그럼 기대하고 기대하시던, 오늘의 하이라이트 결투!"

한창 사회를 진행하던 사회자가 드디어 선수들을 호명하기 시작했다.

"자연의 포식자이자 두려움의 대상! 3미터 신장의 오우거가 갑옷을 입고 무기까지 들었습니다! 318번, 오우거 전사!"

경기장의 문이 열리고, 방어구와 무기를 장비한 오우거가 표효와 함께 거칠게 달려 나왔다.

"크워어어어어어어어—!"

이에 관중들이 열광했다.

"와아아아아아!"

"역배당 와라와라와라!"

"그 거대한 둔기로 231번의 뚝배기를 단번에 깨버리라고!"

관중들의 반응을 살피던 사회자는 기분 좋게 웃으며 진행을 이어갔다.

"318번의 도전을 받는 몬스터는…… 말할 필요도 없겠죠? 콜로세움의 챔피언, 231번! 검은 혜성!"

이번에는 반대쪽의 문이 열리며, 블랙 리자드맨의 전사 하나가 다리를 절뚝거리며 나왔다. 그가 입은 장비는 흑색의 경갑옷이었는데, 심하게 파손되어 비늘이 훤히 보일 정도였다.

"와아아아아아아!"

"검은 혜성! 검은 혜성!"

"17연승 가즈아아아!"

오우거 전사를 소개할 때와는 비교조차 되지 않는 거대한 환호성이 콜로세움을 흔들었다.

"누가 이길까?"

"그야 당연히 검은 혜성이지."

"모르는 소리. 저 돌연변이 오우거를 생포하는 데만 병사만 칠십이 죽고, 기사 두 명이 큰 부상을 입었다고 들었네."

"그, 그 정도인가?"

"암. 오우거 중에서도 강력한 녀석이지."

"그렇다면 이번만큼은……."

"검은 혜성이 질 수도 있다는 소리 아니겠나."

관중들의 수다를 듣던 부하 직원이 상단주에게 물었다.

"어떻게 생각하십니까?"

"힘들 수도 있겠어. 애초에 오우거가 자연의 포식자로 불리는 이유는 간단해. 하나는 웬만한 공격으로는 상처를 입지 않는 두꺼운 피부와……."

"체급 차이 때문이군요."

부하의 말에 상단주가 고개를 끄덕였다.

복싱, 주짓수, MMA 등등. 현대 사회의 모든 메이저 격투기는 체급 별로 선수들을 분류해 놓는다.

그 이유는 간단했다.

"체급이 차이 나면 애초에 싸움이 성립되지 않으니까."

키가 크면 팔다리도 길어지고, 골격도 훨씬 튼튼하다. 게다가 근육량도 많으니 힘이 세고 스피드도 좋을 수밖에 없다. 한마디로 싸움에서 절대적인 우위를 만들어준다.

키가 크고, 몸무게가 많이 나간다는 이유. 그 단순한 이유가 경기 시작도 전에 승패를 갈라놓는 것이나 다름없다.

"하란 시에서도 그 사실을 모르지는 않았을 텐데요."

"알면서도 붙인 거야. 이게 더 자극적이니까. 더 큰돈이 되니까."

"……빌어먹을 놈들이군요."

"그래, 빌어먹을 놈들이지."

그 순간 관중 중 하나가 중얼거렸다.

"어라? 그런데 검은 혜성, 다리 한쪽을 절고 있지 않아?"

"듣고 보니 그러네. 대체 왜지? 지난번 싸움에서 입은 대미지가 컸나?"

"그럴 리가. 저렇게 다리를 절뚝거릴 정도로 큰 피해를 받은 적은 없었는데."

"끄응. 이거, 진짜 검은 혜성이 질 수도 있겠는걸. 너무 불리하잖아."

그들의 말처럼 검은 혜성의 상태는 좋지 않았다.

영양 보충이 잘 이루어지지 않아 건조해진 비늘. 사용하는 두 자루의 곡도는 이가 모두 빠져 오우거의 두꺼운 피부에는 생채기조차 내지 못할 정도였다.

반대로 그가 입고 있는 방어구들은 심하게 파손된 상태였고, 심지어 투구는 보이지도 않았다.

챔피언이라 불리는 존재치고는 볼품없는 모습.

"자, 이미 오우거 전사는 눈앞의 231번을 잡아먹지 못해 안달이 난 상태!"

사회자가 경망스럽게 소리치자, 관중들이 팔을 흔들며 성토했다.

"시작해라!"

"시작해!"

"죽여 버려!"

양팔을 벌린 채 그 뜨거운 환호를 즐기던 사회자는 분위기가 충분히 무르익었을 때.

고개를 끄덕였다.

"긴말이 필요 없겠지요. 몬스터 투기장 역사상 가장 위대한 경기가 될지도 모르는 순간! 두 눈 똑바로 뜨고 관람하시길 바랍니다!"

사회자가 손을 흔들자 경기장을 반으로 갈라놓고 있던 반투명한 벽이 사라졌다.

쿵쿵!

오우거 전사가 거대한 울림을 내며 검은 혜성에게 달려갔다.

"……"

다가오는 오우거 전사를 바라보던 검은 혜성, 블리자드는 곧장 스텝을 밟으려 했다.

하지만 그의 표정은 단번에 일그러졌다.

'다리가……'

움직임의 주축이 되어야 할 오른쪽 다리에 힘이 들어가지 않았다. 결국 블리자드는 스텝을 밟는 것을 포기하고, 오우거 전사가 다가오는 순간을 기다렸다.

"크워어어어어!"

블리자드의 몸집만 한 거대한 둔기가 위에서 아래로, 마치 단두대처럼 떨어졌다.

콰아아아아앙-!

둔기는 경기장의 돌을 그대로 박살 냈다.

그곳에 블리자드의 모습은 보이지 않았다.

"크르르."

움직이는 왼쪽 발을 이용해 몸을 날린 블리자드는 빠르게 바닥을 짚고 일어나는 중이었다.

"크워어!"

오우거 전사의 분노에 찬 눈동자는 이를 놓치지 않았다.

곧장 방향을 틀어 그곳으로 달려가는 오우거 전사.

이번만큼은 블리자드도 몸을 날려 피할 시간이 없었다.

결국 그는 두 자루의 곡도를 뽑아 들었다. 주인이 관리를 잘해 녹이 슬지는 않았지만, 이가 빠진 것만은 어쩔 수 없는 곡도들.

'지금.'

블리자드는 오우거 전사의 공격을 끝까지 쳐다보다가, 유연하게 몸을 낮춰 이를 피했다.

"크워어어어어!"

콰앙, 콰앙, 콰아아앙!

오우거 전사의 손에 붙잡힌 둔기가 바닥을 분쇄하기 시작했다. 허나 둔기는 블리자드를 스치지조차 못했다.

스윽, 스윽!

마치 신에 들린 듯한 몸짓으로, 왼쪽 다리를 주축으로 이용한 채 모든 공격을 흘려내는 블리자드.

"와아아아아아!"

"역시 네가 최고다!"

관중들이 환호하는 순간, 블리자드의 눈이 번쩍였다.

'기회.'

그리고 번개처럼 튀어나간 두 자루의 곡도가 오우거 전사의 목을 유린했다.

서걱, 서걱, 서거걱!

"나왔다아아아! 검은 혜성의 주특기! 블레이드 템페스트!"

"와아아아아아!"

사회자의 입에서 웃기지도 않은 기술명이 튀어나왔지만, 관중들은 이에 열광했다.

"검은 혜성!"

"검은 혜성!"

경기장 전체를 울리는 거대한 소리였지만, 블리자드의 귀에는 들어오지 않았다.

'지금 못 끝내면…….'

자신이 끝난다.

블리자드는 그런 각오를 품고 필살의 공격을 내뿜고 있는 것이었다.

"클클?"

하지만 오우거 전사는 이를 비웃었다. 그는 마치 간지럽다는듯 두꺼운 손가락으로 목 부근을 긁적이더니, 그대로 주먹을 날렸다.

와드드득!

주먹은 그대로 블리자드의 가슴에 처박혔다. 비늘과 뼈가 부러지는 소리가 들렸고, 블리자드의 몸은 뒤로 10미터가량 훌쩍 날아갔다.

"아아아아! 날아갔어요! 날아갔습니다!"

사회자의 외침과 동시에 경기장의 환호성이 뚝 끊겼다. 남아 있는 환호라고는, 오우거 전사에게 역배팅한 도박자들의 응원뿐.

'크르르르……'

블리자드는 끊어지려는 아득한 정신을 가까스로 붙잡았다. 시야는 빙빙 돌아가며 어지러운 세상을 보여줬지만, 그는 포기하지 않았다.

"크워어어."

오우거 전사는 마무리를 지으려는 듯, 둔기를 바닥에 질질 끌며 그에게 걸어갔다.

"아아…… 검은 혜성, 몬스터 투기장의 전설이 되어버린 자의 최후입니다."

사회자가 진한 아쉬움을 토로했다. 콜로세움의 입장에서는 검은 혜성만큼 잘 팔리는 전사가 드물었으니까.

"일어나!"

"일어나라 검은 혜성!"

"젠장, 여기서 죽지 말라고!"

관중들이 소리쳤다. 개중에는 돈을 걸지 않았지만, 순수하게 검은 혜성의 팬이 된 자들도 더러 있었다.

그들이 한 마음 한뜻으로 고래고래 소리를 지를 때, 그들보다 위쪽. VIP룸에서도 한 남자가 노성을 터뜨렸다.

"젠장, 이게 어떻게 된 일이야!"

그는 곧장 창을 들고 있는 기사를 향해 삿대질했다.

"너 이 자식, 내가 적당히 하라고 했지?"

"죄, 죄송합니다. 다리 하나 정도는 페널티로 내줘도 이길 수 있을 줄 알았는데……."

"저 녀석이 죽으면 손해가 대체 얼마인지 알아? 당장 내일부터 매진은커녕 좌석의 반도 못 채울 판이다!"

분노를 토해내는 중년의 남자는 이 콜로세움의 주인이자 하란의 영주인 골단 자작이었다.

"끄응, 무슨 수를 써서라도 검은 혜성을 살려! 놈이 죽게 둬선 안 된다!"

"그럼 저희가 지금 당장 개입을……?"

"멍청한 녀석! 당연히 관중들이 눈치채지 못하게 해야지! 마법사나 신관을 데려와!"

"알겠습니다!"

그의 명령을 받은 기사들이 헐레벌떡 자리를 비웠고, 골단 자작은 초조하게 이빨을 물어뜯으며 경기장을 쳐다봤다.

　"크워."
　오우거 전사는 마치 잘 가라는 듯한 인사를 건넨 후, 블리자드를 내려다봤다. 벌레처럼 꿈틀거리며 일어서려고 노력을 하는 하찮은 상대.
　"크워어어!"
　자신의 승리다.
　한바탕 표효를 터뜨린 그는 자신의 둔기를 머리 높이까지 들어 올렸다. 기다란 그림자가 머리 위로 드리워지자, 블리자드가 천천히 눈을 돌렸다.
　자신의 시야를 가득 채우는 거대한 둔기.
　블리자드는 스르르 두 눈을 감았다. 이미 몸은 말을 듣지 않았다.
　'마스터께서 나에게 큰 실망을 하시겠군.'
　블리자드는 무사 수행을 다짐하고 설산에서 카이와 헤어질 때, 스스로와 약속을 하나 했다.
　'절대 죽지 않겠다.'

절대로 죽지 않고 강해져서, 제 발로 떳떳하게 마스터에게 돌아가겠다. 그래서 그분을 보필하겠다.

그것이 블리자드가 굳게 다짐한 약속이었다.

아오사와 전투를 치르면서, 그는 자신이 카이를 지켜줄 수 없다는 것을 실감했다. 무엇보다 그에게 손톱만큼의 도움도 되지 못한다는 것을 알았을 때. 일족 최강의 전사였던 그는 큰 자괴감과 부끄러움을 느꼈다.

그래서 그는 무사 수행을 결심했고, 카이의 곁을 떠났다. 설산을 내려온 그는 대륙을 떠돌아다니며 수많은 몬스터들을 사냥했다. 웬만한 플레이어조차 강행군이라고 고개를 절레절레 흔들 정도의 여정을, 그는 해낸 것이다. 그 과정에서, 일족 최강의 전사로서 생활할 때의 본능이 서서히 되살아났다.

배가 고플 때는 멧돼지 따위를 사냥했고, 잠을 잘 때면 땅을 파서 굴을 만들어냈다. 그런 강행군 속에서도 그는 마스터의 명령을 잊어버리지 않았다.

"마……스……터……돌……아……왔……습……니……다?"

카이가 챙겨준 국어책을 열심히 정독하면서 인간의 언어를 배운 것이다. 전멸 위기에 빠진 플레이어 파티를 구해주고 장비를 수리받은 적도 있었고. 숲속에서 미아가 되어버린 아이를 부모의 품으로 돌려보내 준 일도 있었다.

그런 일들을 겪으면서 블리자드는 강해졌다.

'하지만 그것도 여기까지인가.'

조금만 더…… 조금만 더 수련하면 어떠한 경지에 올라설 수 있을 것 같았는데.

인간들에게 사로잡혀 이런 곳에서 명예도 없는 싸움을 하다가 죽다니.

'불명예스러운 죽음은 전사의 수치다.'

부끄러움이 물밀듯이 밀려왔다.

"크르르, 끝내라."

다시금 눈을 뜬 블리자드가 오우거 전사의 눈을 노려보며 말했다.

움찔.

한순간 그 눈빛에 압도당한 오우거 전사였지만, 이내 이를 악물고 둔기를 내려쳤다.

그 순간이었다.

휘이익!

익숙한 감각이 블리자드의 전신을 휘감았다.

'이건……?'

블리자드의 두 눈이 크게 뜨여졌다.

착각일까? 아니다.

실제로 그의 몸은 빠르게 회복되는 중이었다. 부러졌던 뼈는 멀쩡하게 붙었고, 찢어진 피부는 순식간에 재생되기 시작했다.

게다가 자신의 몸을 휘감은 이 신성한 힘.

이것은 분명⋯⋯.

'마스터의 힘이다!'

이 자리에 그가 와 있다. 자신이 힘든 것을 알고, 자신을 구출하기 위해 온 것이다.

그것을 깨닫는 순간, 블리자드의 두 눈동자는 형형한 안광을 터뜨렸다.

"크워어어어어어어!"

콰아아아아아앙!

압도적인 파괴력을 담은 둔기가 바닥을 후려쳤고, 비산한 돌덩이와 흙먼지가 경기장을 뒤덮었다.

"어우, 먼지."

"해, 해치웠나?"

"젠장. 검은 혜성⋯⋯ 난 네 팬이였다고."

"이렇게 죽기엔 아까운 몬스터⋯⋯ 아니, 전사였어."

관중들이 큰 슬픔을 내비쳤다.

잠시 시간이 흐르자 자욱하게 퍼진 흙먼지의 안개가 내려앉았고, 경기장의 모습이 보였다.

"⋯⋯어?"

관중 하나가 소리쳤다.

"살아 있다! 검은 혜성이 살아 있다고!"

"너 이 새끼, 구라치다 걸리면 손모가지…… 어? 정말 살아 있잖아?"

올곧은 자세로 서 있는 블리자드는 단단한 눈빛으로 관람석을 한 바퀴 쭉 돌아보는 중이었다.

그 모습에 관중들이 눈물을 글썽거렸다.

"저 녀석, 우리의 응원으로 가까스로 힘을 얻었기에…… 저렇게 아이 컨택을 하면서 고마움을 표시하는 거구나!"

"녀석, 제법 감동 먹일 줄 아는 녀석인가?"

"이런 감정을 몬스터 투기장에서 느끼게 될 줄이야."

코 밑을 쓱 훑으며 엄지를 척 들어 올리는 관중들!

그 모습을 쳐다보던 골단 자작이 박수를 치며 환호했다.

"이거야! 이거라고! 몬스터와 감정적 교류를 나누는 관중들! 크흐흐…… 이거 또 내일부터 매출이 기대되는구만."

그는 숨을 헐떡이면서 신관과 함께 돌아오는 기사를 크게 치하했다.

"흐흐흐. 아주 잘했다. 그래도 가까스로 시간을 맞추기는 했구나."

"……예?"

자작의 명령을 듣고 신관을 초빙하러 갔던 기사가 고개를 갸웃거렸다.

"어…… 지금 도착한 겁니다만."

"응? 그게 무슨 소리냐."

골단 자작이 멀뚱멀뚱한 눈으로 경기장을 내려다보며 물었다.

"그럼 저 녀석을 누가 회복시켰단 말이냐?"

"예? 231번이 회복되었습니까? 어떻게요?"

두 사람의 시선이 신관을 향해 돌아갔다.

뻘쭘함을 느낀 신관이 고개를 흔들었다.

"저, 저도 모르는 일입니다."

VIP석에 있던 모두의 머리 위로 물음표가 떠올랐다.

"크워어……."

오우거 전사는 자신의 둔기를 내려다봤다.

자신의 모든 힘을 쏟아부어 내려친 둔기는 강력했다. 경기장 전체에 균열을 일으킬 정도였으니 그 파괴력은 가히 압도적.

하지만 그 어떤 강력한 공격이라도, 상대방에게 닿지 않으면 소용없는 법이다.

오우거 전사가 천천히 몸을 돌렸다. 그의 시야로 한 존재가 들어왔다. 척추를 곧게 편 채, 관중석을 둘러보는 날렵한 몸매의 리자드맨.

"크워어어어어어!"

자신은 숲의 폭군으로 군림했던 오우거였다. 당연히 보다 강한 이는 없었으며, 자신의 발소리만 들어도 모두 벌벌 떨며 도망을 쳤다. 그런 자신의 공격을 몇 번이나 피하고 멀쩡하게 살아 있는 존재는 저 녀석이 처음이었다.

"크워어."

강렬한 살의가 들끓었다. 오우거 전사는 둔기를 내던지고는 자신의 주먹을 부딪쳤다.

쫘앙, 쫘아앙!

그때마다 공성병기가 성문을 두드리는 것 같은 굉음이 터져 나왔다. 블리자드를 향해 걸음을 옮기기 시작하자, 균열져 있던 경기장 바닥은 비명을 내질렀다.

"……."

바닥이 부서지는 소리에 블리자드가 천천히 몸을 돌렸다. 그는 자신에게 다가오는 오우거 전사를 한 번 쳐다보고는, 바닥을 한 번 쳐다봤다.

'나를 보고 계신다.'

마스터는 자신의 고장 난 육신을 치료해 주었고, 강렬한 힘의 축복까지 선물해 줬다.

'그러니 패배는 없다.'

그것은 바람 따위가 아닌 확신이었다.

크르르.

낮게 으르렁거린 블리자드의 신형이 앞으로 쏘아졌다. 오우거 전사의 발걸음은 무거웠지만, 블리자드의 발걸음은 산들바람처럼 가벼웠다.

"크워어어어어!"

오우거 전사의 두꺼운 주먹이 공기를 터뜨리며 대포알처럼 쏘아졌다.

하지만 블리자드는 가볍게 점프하더니, 녀석의 팔뚝 위로 올라타서 몸을 한 바퀴 회전했다. 그의 두꺼운 꼬리는 회전력을 담아 오우거 전사의 얼굴을 강타했다.

쫘아악!

"크어어!"

콰드드득!

오우거 전사가 몸의 균형을 잃고 뒤로 살짝 기우는 순간, 그를 지탱하던 바닥이 부서졌다.

'지금.'

눈을 번뜩인 블리자드는 녀석의 팔을 박차고나가며 녀석의 얼굴에 팔꿈치를 꽂아 넣었다.

"크아아아아아아!"

쿠우우웅!

결국 오우거 전사의 어마어마한 덩치가 그대로 넘어가며 바닥을 산산조각 냈다.

지형의 상태와 상대방의 무게 중심을 완벽하게 파악하고 이를 이용한 지능적인 싸움!

"크워어……."

겨우 정신을 차린 오우거 전사가 상체를 일으키며 머리를 뒤흔드는 순간. 그의 머리 위로 거대한 그림자가 드리워졌다.

"크워어?"

고개를 들어 올린 녀석의 눈에 하늘이 아닌, 자신을 향해 떨어지는 거대한 둔기가 들어왔다.

"크…… 크워어어어!"

콰드드득!

자신의 무기에 머리를 얻어맞은 오우거 전사는 그대로 눈을 까뒤집으며 기절했다. 결국 체급 차이를 무시하고 승리를 일궈낸 블리자드에게 환호성이 쏟아졌다.

"와아아아아아!"

"역시! 그럼 그렇지!"

"검은 혜성! 검은 혜성!"

대중은 영웅을 좋아하고, 반전도 좋아한다.

하물며 그 두 가지가 절묘하게 섞인 경기라면?

피부가 저릿저릿해질 정도로 거대한 함성이 그 질문에 대한 답을 해주었다.

"훗."

잔뜩 흥분한 관중들을 내려다보던 골단 자작이 만족스러운 웃음을 지었다.

"누가 치료를 했던 어떠한가. 결과가 좋았으면 된 거겠지. 푸흐흐."

"하지만 관중이 경기에 개입을 하는 상황이 계속 일어나면 안 됩니다."

그를 보필하는 기사 하나가 충언했다.

"그야 물론이지. 관중들이 콜로세움을 빠져나가기 전에 신분 확인을 철저하게 해라."

"예!"

명령을 받은 기사들이 방을 나가기 직전, 새로운 기사들이 헐레벌떡 VIP룸으로 들어섰다.

"여, 영주님. 큰일났습니다!"

"무슨 일이냐."

"태양교에서 나온 감찰관들이 도시의 사업장을 쥐 잡듯이 뒤지는 중입니다!"

"뭐, 뭐라고?"

자리에서 벌떡 일어난 골단 자작이 당황한 표정으로 소리쳤다.

하란은 칼데란 최고의 유흥 도시인 만큼, 불법적인 일에 연류가 되어 있을 수밖에 없다. 예를 들면 교단에서 엄격히 금지하는 마약이나, 불법 도박, 성매매 등이 이에 해당했다.

눈을 데굴데굴 굴리던 골단 자작이 보고를 한 기사를 다그쳤다.

"그들이 왜…… 사업을 시작하기 전에 성의 표시를 제대로 했을 텐데?"

"아무래도 교단이 개편되었다는 소식이 사실인 것 같습니다. 영주님의 돈을 받아먹던 교주들에게 황급히 연락을 돌려봤지만, 연락되는 이는 없습니다!"

"치잇……."

골단 자작은 짜증 난다는 표정으로 소리쳤다.

"신을 믿는다는 녀석들이 돈에 환장을 해서는…… 아마 교단 내부의 주도 세력이 바뀌었으니, 자신들에게도 성의 표시를 하라는 압박일 것이다. 앞장서라, 내가 직접 상대를 할 테니."

"예!"

자각과 기사들이 VIP룸을 빠져나왔을 때, 콜로세움은 큰 혼란에 빠진 상태였다.

"아니, 신분 확인은 또 왜 하는 겁니까?"

"이런 일은 처음인데……."

"갑자기 무슨 일이야?"

"모두 여러분의 안전을 위함이니 협조 좀 해주십시오."

어느새 콜로세움 내부로 들어온 병사들이 관중들을 하나씩 수색하기 시작했다.

"어떻게 하죠?"

조금씩 그들에게 다가오는 병사들을 바라보던 부하 직원이 물었다. 하지만 상단주는 아무 말 없이 경기장을 내려다보고 있었다.

"어이, 231번! 경기가 끝났으면 무릎을 꿇고 손을 머리 뒤에 붙여."

"저 녀석, 경기 중에 귀라도 다쳤나? 말이 말 같지 않아?"

기절한 오우거 전사에게 구속구를 단단히 채운 병사들은 블리자드에게 다가오며 명령했다. 허나 블리자드는 관중석만을 쳐다보며 그들의 말을 듣지 않았다.

'어디에 계신 겁니까. 마스터.'

관중석에는 수많은 사람이 있었지만, 지금 그가 찾는 건 단한 사람뿐이었다.

자신을 처음으로 무릎 꿇린 자. 하지만 약육강식의 법칙을 거스르고, 자비를 베풀어 자신을 살려준 은인!

"이 녀석이. 결국 실력 행사하게 만드네."

가까이 다가온 병사들이 뒤돌아 있는 블리자드의 목을 향해 빠르게 구속구를 채우려 했다.

콰드드득!

하지만 그들의 움직임을 사전에 예견하고 있었던 블리자드는 빠르게 몸을 돌려, 구속구를 빼앗고 오히려 그것을 병사의 몸에 채웠다.

"이걸 차고 있으면 동물이 된 것 같아서 기분이 아주 더럽다. 그러니 너나 해라."

"이, 이 새끼…… 커억!"

병사를 기절시킨 블리자드는 발끝으로 검집을 툭 쳤다.

그러자 매끄럽게 뽑혀 나오는 검.

허공에서 이를 낚아챈 블리자드는 남아 있는 병사의 가슴을 X자로 베었다.

그야말로 찰나의 순간에 펼쳐진 검격.

"크아아악!"

"치료하면 죽지는 않을 것이다."

유창한 라시온 언어를 뱉어낸 블리자드는 그의 검집에서도 검을 빼냈다.

'곡도가 아닌 것이 아쉽지만 가릴 처지는 아니다.'

블리자드의 갑작스러운 행동에 관중들이 깜짝 놀랐다.

"뭐, 뭐야."

"검은 혜성이 탈출 시도를 한다!"

"오오오…… 이것도 보는 구경거리인걸?"

"어디보자…… 검은 혜성의 탈출 시도가 이번으로 다섯 번째인가?"

"자자, 다들 배팅하십시오! 과연 검은 혜성이 이번에는 탈출할 수 있느냐, 없느냐!"

"못 한다에 2골드!"

"난 한다에 5골드 걸겠어! 이번에는 좀 해봐라!"

"팝콘 팝니다!"

관중석은 눈 깜짝할 사이에 시장바닥처럼 변했다.

이에 사색이 된 병사들이 소리쳤다.

"다, 다들 진정하십시오! 위험합니다!"

"이것은 저희가 의도한 상황이 아닙니다! 다들 진정하시고, 줄을 맞춰서 수색을 받은 뒤 탈출을……."

"위험은 개뿔, 경기장과 관람석의 높이 차이가 얼만데 이 사람아!"

"이런 꿀같은 구경거리를 놓치란 말인가?"

병사들의 만류에도 불구하고 관중들은 관람을 계속해 갔다. 그 상황을 지켜보던 골단 자작이 얼굴을 붉히며 고래고래 소리쳤다.

"이이…… 너, 너, 너 그리고 너! 지금 당장 내려가서 저놈 제압해!"

"예!"

자작의 명령을 받은 기사들은 그대로 관중석에서 경기장으로 뛰어내렸다. 족히 15미터가 넘는 높이였지만, 그들을 어떤 충격도 받지 않은듯 멀쩡하게 걸음을 내디뎠다.

"후우, 231번. 이쯤되면 포기하지그래. 넌 여기서 못 빠져나간다고."

"이 녀석은 머리가 좋은 건지, 나쁜 건지 모르겠단 말이야."

한숨을 쉬며 다가온 기사들은 블리자드를 상대로 긴장을 하지 않았다.

"몬스터 주제에 자꾸 귀찮은 일만 벌이고."

왜냐하면 블리자드가 몬스터였으니까.

그는 용맹한 전사의 혼을 품고 있었지만, 기사들은 이를 이해하지 못했다.

"빠르게 제압하고 끝내자고."

검과 창을 뽑아낸 기사들이 달려들었다.

평소의 블리자드는 네 명의 기사로 이루어진 합격진에 뼈도 못 추리고 쓰러졌었다.

하지만 오늘은 달랐다.

휘익, 휘익!

축복을 머금은 블리자드의 몸은 그 어느 때보다도 빨랐고.

콰드드득!

"커억……?"

그 어느 때보다도 강했다.

갈비뼈가 박살 난 기사가 쓰러지자, 남아 있는 기사들의 눈빛이 변했다.

'말도 안 돼.'

'이 녀석, 갑자기 왜 이렇게 강해진 거지?'

그중 위화감을 가장 크게 느낀 건, 몇십 분 전 블리자드의 다리를 창으로 꿰뚫은 기사였다.

'이상하군. 구속구를 풀었다고 이렇게 차이가 날 수 있나?'

놀랍게도 현재의 블리자드는 정식 기사인 그들의 속도를 가볍게 상회하고 있었다.

상식적으로는 도저히 이해할 수 없는 상황.

"어떻게 몬스터 따위가……"

블리자드는 칼데란 제국의 말은 몰랐지만, 몬스터라는 말은 알아들을 수 있었다.

"몬스터란 본능에 사로잡혀 인간을 공격하는 생물을 일컫는 언어."

두 자루의 검을 길게 늘어트린 블리자드가 인간들을 내려다보며 오연하게 말했다.

"나는 마스터의 뜻대로 이성적인 행동을 추구하며, 마스터의 명령이 없으면 인간을 공격하지 않는다. 그러므로 나는 몬스터가 아니라……"

"저 녀석, 지금 뭐라고 지껄이는 거야."

"전사다."

다음 순간 블리자드의 손에 쥐어진 두 자루의 검이 태양빛을 반사시키며 춤을 췄다. 쉴 틈 없이 상대를 몰아치는 이 춤

사위가 길어질수록 기사들의 몸에는 생채기가 늘어갔다.

"이런 멍청한 녀석들!"

결국 보다 못한 골단 자작이 주변 기사와 병사들의 엉덩이를 걷어차며 명령했다.

"지금 당장 전부 내려가! 저놈을 반병신으로 만들어서 정신 교육부터 다시 시켜!"

"예, 예!"

관중들이 이에 반발했다.

"우-우-우-우!"

"치사하다!"

"평소에는 명예로운 기사라고 으스대는 것들이 하는 짓이라고는. 부끄러운 줄 알아라!"

"이이이…… 감히 평민 새끼들이……."

분을 참지 못해 관람석의 난간을 꾸욱 움켜쥔 자작이 명령했다.

"지금부터 나의 행사를 방해하는 녀석들은 231번의 탈출에 도움을 주는 녀석들이라 판단하겠다! 병사들은 그런 녀석들의 다리몽둥이를 분질러 버려라!"

"예!"

명령과 동시에 관중석 곳곳에서 무분별한 폭력이 가해졌다.

"자, 잠깐! 나는 떳떳하게 돈을 내고 입장한……."

"시끄럽다! 감히 평민 주제에 자작님 앞에서 큰소리를 치다니!"

여기저기서 곡소리가 흘러나왔다.

그때 상단주의 곁으로 직원 하나가 다가와 무언가를 속삭였다.

"그렇단 말이지?"

상단주가 씨익 웃자, 곁에 있던 다른 부하 직원이 입을 열었다.

"상단주님. 검은 혜성이 많이 불리해 보입니다. 이대로 보고 계실 겁니까?"

그의 말처럼, 블리자드가 열 명 넘는 기사와 수십의 병사를 동시에 상대하는 것은 무리였다.

이에 상단주가 말했다.

"아니. 드디어 기다리던 정보가 들어왔다. 이제 역할 놀이는 끝났어."

터번을 벗은 상단주, 아니, 카이의 눈이 날카롭게 번뜩였다.

"일 시작하자."

카이의 말이 끝나자 200여 명의 성혈단원들이 관중석 곳곳으로 튀어나갔다.

"뭐, 뭐야 이 녀석들은."

"약자들의 검과 울타리이며, 부패한 자들의 목덜미를 노리는 차가운 비수."

라테르의 신성이라 불리는 테페른이 나른한 표정으로 중얼거리며 검을 휘둘렀다.

당연한 말이지만, 하란 영지의 병사들은 성혈단을 당해내지 못했다.

곳곳에서 폭력을 일삼던 병사들은 빠르게 제압되었다.

그 모습을 만족스럽게 쳐다보던 카이는 관중석의 난간 위로 홀쩍 올라갔다.

"어? 어어?"

"아니 이 양반이 미쳤나! 지금 여기 높이가 얼마나 높은 줄 알고!"

"그런 건 기사들이나 하는 거요! 썩 내려오쇼!"

주변 관중들이 뜨악한 표정으로 그를 말렸지만, 그는 아무렇지도 않게 경기장으로 뛰어들었다.

사뿐.

기사들과는 달리 아주 조용히, 그리고 가볍게 착지한 그에게 모두의 시선이 집중되었다.

"저, 저건 또 뭐하는 놈이냐!"

현재 일어나는 상황을 이해하지 못한 골단 자작이 눈을 데굴데굴 굴리며 소리쳤지만 대답해 주는 이는 없었다.

저벅저벅.

카이는 마치 산책을 하는 사람처럼, 여유로운 발걸음으로 블리자드를 향해 걸어갔다.

"멈춰라."

"지금 여기가 감히 어디라고……."

"좋은 말로 할 때 물러서라."

세 명의 기사들이 검을 빼 들고 카이를 위협하는 순간, 그의 입에서 차가운 음성이 흘러나왔다.

"좋은 말이란, 말하는 이가 아닌 듣는 이의 기분이 좋아지는 말을 뜻하지. 하지만 너희의 말을 듣는 내 기분은 전혀 좋지가 않아."

말을 마친 카이의 손이 빛살처럼 움직였다.

서걱!

동시에 검을 들이밀던 기사 세 명의 손목이 그대로 날아갔다.

"크아아악!"

"소, 손목이!"

카이는 제 손목을 붙잡고 쓰러지는 기사들을 무시한 채, 차분하게 걸음을 옮겼다.

"크으윽."

"……검을 휘두르는 게 보이지도 않았다."

그의 걸음은 어린아이처럼 느렸지만, 기사와 병사들은 감히 덤빌 생각조차 품지 못했다.

저벅저벅. 턱.

마침내 아무도 막지 못했던 카이의 발걸음이 멈췄다. 바로 칠흑의 비늘을 자랑하는 리자드맨의 코앞에서.

"블리자드."

카이가 말했다.

"마, 마스터…… 본의 아니게 수고를 끼치게 만들어 죄송……."

카이는 덩칫값을 못하고 쩔쩔매는 귀여운 소환수를 향해 손을 뻗었다. 블리자드의 키는 그보다 컸지만, 카이는 개의치 않고 그의 머리를 슥슥 문질렀다.

그는 환하게 웃으며 말했다.

"너 이제 말 잘하는구나. 고생 많았다."

그 말과 행동이 기폭제가 되었다.

마치 아이를 달래주는 듯한 부드러운 손길과 말투에 블리자드의 날카로운 눈매가 붉어졌다. 주인의 곁을 떠나 무사수행을 하면서 힘들었던 일들이 주마등처럼 떠올랐던 탓이었다.

"크르르……."

숲의 전사는 태어나서 딱 세 번을 울어야 한다.

태어날 때.

부모님이 돌아가셨을 때. 마지막으로 부족이 침략을 당해 멸망했을 때.

블리자드는 어려서부터 그렇게 배워왔고, 때문에 여태까지 딱 두 번을 울어봤다.

'이게 무슨 전사의 수치…….'

그는 황급히 팔을 들어 눈시울을 거칠게 훑었지만, 뜨거운 눈물은 멈추지 않았다.

"울어도 돼."

카이가 블리자드를 부드럽게 안으며 그의 등을 토닥였다.

"하, 하지만 저는 강인한 숲의 전사······."

"숲의 전사가 아니라 숲의 신이라 할지라도 울어도 돼. 그건 내가 잘 알아."

머릿속에서 한 귀여운 신을 떠올린 카이가 말을 이었다.

"물론 전사는 강해야지. 너도 강해. 하지만 강자가 울면 안 된다는 말은 대체 누가 한 거지?"

"하지만 눈물 따위를 흘리는 전사를 존경하는 이는 없습니다······."

"내가 생각하는 강함이란, 본인의 아픔과 슬픔을 감추는데 급급한 것이 아니야. 오히려 자신이 느끼는 감정들을 인정하고, 눈물을 흘릴 줄 아는 자가 진짜 강한 사람이지."

"진짜····· 강한 사람······."

블리자드의 커다란 눈이 크게 흔들렸다. 그의 눈에서는 여전히 눈물이 흘러내렸지만, 그의 손은 이제 이것을 감추지 않았다. 오히려 눈을 지그시 감으며 본인의 슬픔을 인정했다.

잠시 후, 눈을 뜬 블리자드는 평소보다 훨씬 맑은 눈동자를 지니고 있었다.

"가르침을 내려주셔서 감사합니다, 마스터."

"뭘."

어깨를 으쓱거리며 피식거린 카이가 몸을 돌렸다.

"자, 그럼 우리 블리자드 괴롭힌 놈들을 손 좀 봐줄까……."

"마스터."

블리자드가 그를 불러 세웠다.

"저에게 맡겨주시면 안 되겠습니까?"

"……."

카이는 입을 꾹 다물고 블리자드를 응시했다.

과연 저 말이 분기와 치기를 못 이겨서 순간적으로 나온 말인지, 깊은 고민 끝에 나온 말인지 판단하기 위해서였다.

그리고 잠시 후, 결론을 내린 카이가 입을 열었다.

"인벤토리 오픈."

각각 백색과 청색을 띠고 있는 화려한 곡도가 카이의 두 손위로 두둥실 떠올랐다.

카이는 그것을 블리자드에게 내밀었다.

"흑랑, 백호는 이제 보내줘. 그들은 너와 함께 전장을 누비며 행복한 삶을 살았을 테니."

"마, 마스터……."

설마 이런 선물을 받을 줄 몰랐던 블리자드가 감동한 눈으로 카이를 쳐다봤다.

"아, 그렇다고 다 큰 어른이 너무 우는 것도 좀 그렇고."

카이가 실실거리며 농담을 건네자, 블리자드는 기다란 입꼬리를 쭉 올리며 고개를 끄덕였다.

"명심하겠습니다."

떨리는 손길로 두 자루의 곡도를 집어든 순간, 블리자드는 가볍게 전율했다. 새로운 무기를 고를 때 가장 중요한 것은 외관이나 예기 따위가 아니다.

바로 무게다. 기존에 사용하던 무기와 조금이라도 무게가 다르면, 전체적인 검술의 형이 흐트러지기 때문이다.

그런 의미에서 훈풍과 삭풍은 최고의 무기였다.

쫘아아악.

마치 자신의 커스텀 무기로 제작된 것처럼 꼭 맞아떨어지는 그립감. 흑랑, 백호와 놀랍도록 일치하는 무게 중심, 심지어 도의 길이까지.

부우웅, 부웅.

가볍게 곡도를 한 번씩 흔들어본 블리자드의 눈이 날카롭게 빛났다.

"기회를 주셔서 감사합니다."

"마음껏 날뛰어봐."

카이는 등 뒤로 네 개의 마법진을 소환하며, 초당 네 개의 버프를 블리자드에게 때려 박았다.

"……감사합니다."

블리자드는 새롭게 태어난 기분으로 자신을 둘러싼 기사와 병사들을 노려봤다.

움찔.

그들이 동요하는 것이 보인다. 그럴 수밖에, 조금 전까지만 해도 무려 4대1의 싸움을 견디던 그였다. 하물며 추가적인 버프를 받고, 새로운 무기까지 받게 된 지금이라면?

"가겠다."

짤막한 말과 함께 블리자드의 신영이 흐릿해졌다. 그의 몸이 나타난 곳은 병사들의 뒤쪽이었다.

"이, 이쪽이다!"

"창을 찔러 넣어! 거리부터 벌려야……."

서걱, 서걱!

인간들의 롱소드로는 아무리 노력해도 펼칠 수 없던 부족 특유의 검술. 그것이 블리자드의 손을 통해 다시금 펼쳐지기 시작했다.

'조금만, 조금만 더…….'

블리자드의 몸이 조금 더 가속했다. 평소와는 다른 속도의 세계에서, 평소와는 다른 감각으로. 또 평소와는 다른 시각으로 적들을 파악하고, 그들의 약점에 사정없이 검을 찔러 넣었다.

"크윽, 멋대로 날뛰기는!"

"포위해서 상대하라!"

결국 보다 못한 기사들이 나섰다. 하지만 그들이라고 해도, 블리자드를 상대하는 건 힘들었다.

지금 그는 완전히 무아지경에 빠진 상태.

어떤 날카로운 기습도 여유롭게 회피했으며, 불가능한 자세에서 휘두른 검격은 귀신같이 성공시켰다.

"이, 인정할 수 없다……."

기사 하나가 창대를 꽉 쥐며, 입술을 질끈 깨물었다.

오전에 블리자드의 다리에 구멍을 낸 기사였다.

'몇 시간 전만 해도 벌레처럼 끙끙거리던 녀석이 어떻게…….'

이 상황을 받아들이지 못한 그는 살의에 찬 눈빛을 드러내며 앞으로 튀어나갔다. 발목부터 허벅지, 허리를 통해 전달된 막대한 회전력은 그대로 창대로 스며들었다.

그리고 터져 나오는 강렬한 일섬!

"죽어라! 이 도마뱀 새끼야!"

"……."

블리자드는 이를 피하지 않고 제자리에 가만히 서서, 두 자루의 곡도를 부드럽게 움직였다.

카가가가강!

기사가 자랑하는 강렬한 창격은 곡도의 곱게 휘어진 날을 타고 그대로 허공을 수놓았다.

그대로 땅을 박찬 블리자드는 기사의 옆을 지나치면서 조용히 말했다.

"이걸로 오전의 빚은 갚았다."

서걱!

두 다리의 아킬레스건이 잘려 버린 창기사는 몸을 지탱하지 못하고 달려 나가던 속도 그대로 넘어졌다.

두근두근.

그 순간 블리자드는 본인에게 무언가 변화가 생겼음을 감지했다.

'마냥 단단한 것만이 전사의 길은 아니다.'

한바탕 날뛴 뒤에야 다시 떠오르는 마스터의 가르침.

'강자는 나약함과 슬픔을 멀리하지 않는다.'

나약함과 슬픔을 스스로의 어깨 위에 짊어지고도 강한 자.

'강자는 유연해야 한다.'

자신의 고집을 관철하지 않고, 더 나은 생각과 기술을 받아들일 줄 알아야 한다.

단단한 것은 언젠가 부러지게 마련이다.

'그것이 진짜 강자.'

그 사실을 깨달은 블리자드의 몸에서 한 차례 빛이 터져 나왔다.

띠링!

[블리자드가 검술의 극의를 깨우쳤습니다.]

[중급 리자드맨 검술 LV.9가 고급 리자드맨 검술 LV.1로 변경

되었습니다.]

[블리자드가 고유 기술, 카운터(Counter)를 깨우쳤습니다.]

"오……?"

블리자드의 활약을 쳐다보던 카이가 깜짝 놀란 표정을 지었다.

'카운터라, 이건 희귀한 스킬인데?'

카운터는 유니크 등급의 스킬이었지만, 스킬 북을 통해서는 절대 배울 수 없는 스킬이었다. 배울 수 있는 유일한 방법은 바로 수련. 1레벨부터 카운터만 이용해 사냥해 온 변태 유저 하나가 280레벨에 스스로 깨우치며 세상에 알려진 스킬이었다.

'설마 블리자드가 카운터 스킬을 얻게 될 줄이야.'

내심 그 효과가 궁금해진 카이는 스킬 창을 확인했다.

[카운터(Counter) LV.1]

등급 : 유니크

사용 시 3초 동안 이동 불가의 상태에 빠집니다.

이 때 상대방이 공격할 시, 받은 피해를 무효화하며 공격력의 40%를 그대로 돌려줍니다.

재사용 대기시간 : 5분.

"대, 대박."

생각보다 훨씬 성능이 좋은 스킬!

우선 받은 피해를 무효화한다는 것이 가장 매력적이다.

하물며 이제 겨우 1레벨인데 상대방이 휘두른 공격의 40%를 그대로 돌려주다니?

'이거, 앞으로의 전투에서는 블리자드도 자주 기용해야겠어.'

카이가 뿌듯한 미소를 짓는 동안, 블리자드는 마지막 기사를 마무리했다.

털썩.

적을 모두 쓰러뜨린 블리자드는 자연스럽게 카이의 곁으로 돌아와 그의 뒤에 섰다.

"실력 많이 좋아졌는데? 아주 든든해."

"감사합니다, 마스터."

웃는 얼굴로 블리자드를 쳐다보던 카이의 시선이 골단 자작에게 돌아갔다. 몰래 출구 쪽으로 빠져나가던 그의 앞을 한 아이가 막아섰다.

"못 가."

라테르의 신성이라 불리는 천재 소년 검객, 테페른이었다.

"아주 잘했어, 테페른."

순식간에 관중석으로 올라온 카이는 골단 자작에게 성큼성큼 다가갔다.

골단 자작이 눈을 데굴데굴 굴리며 큰 소리를 쳤다.

"대, 대체 너희들은 누구냐. 무슨 권리로 칼데란의 영주인 나를 이리 핍박하는가!"

나름 귀족의 위엄이 서려 있는 호통이었다.

허나, 카이는 눈 하나 깜짝 안 하고 품속에서 패를 하나 꺼내 들었다.

"태양교 본단 소속, 성혈단주 카이의 이름으로 명한다. 마약 유통, 성매매방지법 위반, 불법 도박장 운영, 납치 등의 혐의로 그대를 긴급 구속한다."

"무, 무슨……."

"태, 태양교!"

"성혈단이라면……."

"최근 창단되어서 대륙적인 위명을 떨치는 태양교 최고의 무력단체!"

"약자들의 울타리, 부패한 자들의 목덜미를 노리는 비수!"

관중들이 깜짝 놀란 표정으로 카이를 쳐다봤다.

이에 골단 자작은 침을 꿀꺽 삼키며 고개를 저었다.

"즈, 증거라도 있나?"

"있지. 연락 못 받았나? 내 부하들이 네놈의 사업장을 먼지가 안 날 때까지 탈탈 털었는데."

"설마……?"

골단의 표정이 심각해졌다.

단순히 성의 표시를 더 하라는 압박인 줄 알았거늘, 정말로 감찰이 온 것이었다니!

'큰일이다.'

골단 자작은 크게 당황했지만, 머리를 차갑게 식히며 냉정하게 말했다.

"그렇군. 하지만 아무리 태양교라고 해도 제국의 일을 독자적으로 수사할 권리는 없다. 나의 영지에서 나가주게."

그의 말은 사실이었다. 아무리 칼데란 제국의 국교가 태양교라지만, 독자적인 수사권을 부여받지는 못한다.

"나도 알아."

하지만 카이는 씨익 웃으며, 또 하나의 패를 꺼내 들었다.

동시에 그 패의 진가를 알아본 골단 자작의 얼굴이 새하얗게 질리기 시작했다.

"어, 어둠 추적자……?"

"어둠 추적자는 세력에 가입된 두 개의 제국과 세 개의 왕국, 일흔여덟 개의 상단이 지닌 영토에서 수사 협조, 신분 증명, 지원 요청 또는 수사를 할 권리를 갖고 있다. 너라면 알고 있겠지?"

"으…… 으으으……"

결국 경기를 일으킨 골단 자작은 뒷목을 붙잡으며 쓰러졌다.

+ 89장 +
메모리 다이브

그 이후의 일은 일사천리로 진행되었다.

"골단 자작이 불법 마약을 유통한 증거입니다."

"성매매법을 위반하고 유흥가를 운영한 서류를 가져왔습니다."

"이 녀석, 귀족이면서 불법 대부업체까지 운영했던데요? 이 장부를 보십시오."

"이렇게까지 구제할 방도가 없는 쓰레기는 처음 봅니다."

도시 곳곳에 흩어져 있던 100명의 성혈단원들은 골단 자작의 치부를 가져와 카이에게 바쳤다.

치부가 왜 치부인가? 남에게 드러내고 싶지 않은 어두운 부분이기에 치부이다.

하지만 골단 자작은 그 부분이 전부라 해도 좋을 만큼 거대했다.

"어이가 없어서 말이 안 나올 지경이네."

질색한 표정을 지은 카이는 자신을 쳐다보는 단원들에게 명령했다.

"우선 사업장들 문부터 닫는다."

"예!"

단원들의 손에 의해 하란 시의 수많은 사업장이 영업을 하지 못하게 되었다. 하란을 방문한 관광객들도, 그곳에 살고 있던 주민들도 얼떨떨할 정도로 신속한 조치였다.

"크흐흐…… 쓸데없는 짓이다."

단단하게 묶인 채 무릎을 꿇고 있던 골단 자작이 돌연 카이를 도발했다.

"무슨 뜻이지?"

"하란 시에서 황궁에 납부하는 한 달 세금이 얼마나 되는지 아는가? 황금으로 산을 쌓아도 될 정도로 엄청난 양이다. 그런데 과연 황제 폐하께서 나를 내치실까?"

골단 자작의 얼굴 위로 근거 없는 자신감이 떠올랐다.

카이는 부드러운 미소를 지으며 가볍게 손을 흔들었다.

동시에 골단 자작의 안색이 파래졌다.

"네, 네놈…… 대체 무슨 짓을……."

골단 자작의 전신에서 땀이 비 오듯 흘러내렸다.

그럴 수밖에. 현재 그의 몸에 걸려 있는 중력은 평소보다 세

배나 높아진 상태였으니까.

"글쎄. 무슨 말을 하는지 모르겠네."

어깨를 으쓱거리는 카이에게 단원 하나가 다가와 보고했다.

"곧 온답니다."

"빠르네."

카이의 고개가 텔레포트 게이트 쪽으로 돌아갔다.

그는 태양교의 이름으로 골단 자작의 악행을 황궁에 보고했다. 그러자 황제가 회신하길, 이를 판단할 사람을 보낸다고 하였다.

번쩍!

텔레포트 게이트에서 푸른빛이 번쩍이자 칼데란 제국의 고위 귀족들이 모습을 드러냈다.

"헉…… 단장님."

칼데란 제국의 출신이던 단원 하나가 황급히 그에게 다가와 속삭였다.

"제일 앞에 있는 남자는 칼데란 제국의 13황자인 오르페우스 황자입니다."

"저자가?"

카이가 놀란 티를 내지 않으며 13황자를 살폈다. 적발의 웨이브진 머리가 어깨까지 내려온 그는 시원한 스타일의 미청년으로, 몸의 밸런스는 완벽에 가까울 정도로 잘 잡혀 있었다.

'과연 기사의 제국, 칼데란의 황자인가.'

더 이상의 관찰은 상대방에게 불쾌감을 안겨줄 수도 있다. 카이는 시선을 거두며 단원에게 물었다.

"그런데 13황자라면 권력의 중심에서 크게 밀려난 존재 아닌가?"

"그건 모르셔서 하시는 말씀입니다. 그는 차기 황제의 자리에 가장 가깝다고 평가되는 남자입니다. 동시에 칼데란이 자랑하는 7인의 기사 중 하나이기도 합니다."

"……그래?"

카이의 눈매가 살짝 가늘어졌다.

'뭔가 석연치 않은걸. 아무리 하란에서 황궁에 납부하는 세금이 막대하다 해도, 그렇게 대단한 황자가 직접 나올 사안인가?'

오르페우스 황자가 귀족들을 이끌고 가까이 다가오자, 주변의 시민들이 모두 무릎을 꿇었다.

단, 카이를 비롯한 성혈단원은 고개를 깊이 숙이는 것으로 인사를 끝냈다. 그들의 무릎을 굽힐 수 있는 건 성혈단장인 카이와 알버트 교황뿐이었으니까.

"오르페우스 황자 전하를 뵙습니다."

"반갑소. 그대가 성혈단장 카이요?"

오르페우스 황자가 마주 고개를 숙이며 인사했다. 아무리 제국의 황자라 해도, 태양교의 주요 인사는 함부로 무시할 수가 없었기 때문이다. 심지어 카이는 현재 태양교에서 하루마다 주가가 높아지는 성혈단의 주인이었다.

"예. 제가 카이입니다."

이야기는 서로가 상대방을 존중하며 이루어졌다.

"보내주신 문서들은 잘 받았고, 검토를 해보았소. 그러니 우선 사과부터."

황제의 자리에 가장 가깝다고 칭해지는 황자가 90도로 허리를 숙였다.

"화, 황자님!"

"어서 고개를 드십시오!"

그를 따르던 귀족들은 물론, 성혈단원들까지 깜짝 놀라 그를 쳐다봤다.

"아니다. 본 제국의 귀족 하나가 감히 성혈단장의 소환수를 납치하는 말도 안 되는 일이 일어났으니, 입이 열 개라도 할 말이 없는 것이 정상이지. 이렇게 사과드리오."

황자의 입에선 정중한 목소리가 흘러나왔다.

그의 말뜻을 곱씹어보던 카이는 천천히 고개를 흔들었다.

"괜찮습니다. 그게 어찌 제국의 잘못이겠습니까. 한 사람의 욕심이 만들어낸 사고이지요."

카이의 말에 고개를 숙이고 있던 오르페우스 황자가 눈을 반짝였다. 그는 처음부터 골단 자작의 잘못을 제국의 잘못으로 인정할 생각이 없었다. 때문에 그는 그러한 입장을 '제국의 귀족 하나'라는 말을 통해 명시했다.

카이는 그의 말뜻을 알아차렸고, 곧장 '한 사람의 욕심'이라는 말을 건네며 이를 받아들였다. 서로의 이해가 일치하였기에 일 처리는 빠르게 진행되었다.

"본 제국에서 합당한 보상을 전해 드리겠소. 그리고…… 허락해준다면 골단 자작은 저희 쪽에서 관리하고 싶소만."

"음……."

카이가 입을 쉽게 떼지 못하고 머뭇거렸다.

물론 골단 자작은 칼데란 제국의 귀족이다. 당연히 신병을 그쪽에서 관리하는 것이 옳다는 것도 알고 있다.

하지만 한 줌의 미련이 이를 쉽게 허락하지 않았다. 골단 자작의 카이의 소중한 존재인 블리자드를 납치, 감금한 것도 모자라, 전사인 그를 모욕하고 광대놀음까지 시켰다.

'마음 같아선 죽여 버리고 싶지만…….'

걸림돌이 많다. 그는 태양교의 성혈단장임과 동시에 라시온의 귀족이기도 하니까.

카이의 얼굴에서 그러한 고민의 흔적이 보이자, 오르페우스 황자가 싱긋 웃었다.

"성혈단장께서는 생각이 참 깊으신 것 같습니다."

오르페우스 황자가 돌연 오른쪽으로 손을 내밀었다. 그러자 곁에 있던 시종이 고급스러운 검집을 공손하게 건넸다.

단숨에 검을 뽑아든 오르페우스 황자는 골단 자작의 몸을 묶고 있던 줄을 잘라냈다.

서걱!

'교과서에 실어도 문제가 없을 정도로 군더더기가 없는 깔끔한 검격.'

짧은 판단을 내린 카이는 이게 무슨 의미냐는 표정으로 황자를 쳐다봤다.

"화, 황자님……! 역시!"

속박에서 풀려난 골단 자작이 감동에 젖은 눈빛으로 황자에게 달려갔다.

카이가 이미 중력장을 해제했기에 할 수 있는 행동이었다. 허나, 그를 바라보는 오르페우스의 눈빛은 시리도록 차가웠다.

무서운 것은, 그럼에도 불구하고 입가는 웃고 있다는 점이다.

"골단 자작."

황자가 달콤하게 속삭이며 검을 휘둘렀다.

푹-!

검은 골단의 심장을 부드럽게 파고들었다.

"커, 커억……?"

골단 자작은 믿을 수 없다는 눈빛으로 자신의 가슴을 내려다보았다.

"명색이 대 칼데란 제국의 자작이었던 이가 꼴사납게 묶인 채로 죽어서야 쓰나. 본 황자가 베푸는 마지막 자비이니 사양하지 말아줬으면 좋겠군."

달콤한 목소리를 뱉어낸 오르페우스 황자는 검을 회수해 검집과 함께 시종에게 건넸다.

골단 자작은 자신이 일궈낸 도시의 광장에 눕더니 두 번 다시 일어나지 못했다.

"자고로 벌레를 없앨 때는 천 번의 생각보다 한 번의 행동이 더 중요한 법이지요."

오르페우스 황자는 살인을 저지른 사람답지 않게, 만면에 미소를 띠며 카이를 쳐다봤다.

"아무래도 황제 폐하께서 영토 확장에만 전념하시다 보니, 집안이 어떻게 돌아가는지는 잘 모르시는 모양입니다. 하지만 이번 기회에 집안을 좀먹는 해충이 있다는 것을 알았으니, 본 황자가 지금부터 집안 관리를 해야겠습니다."

"……황자님께서 나서신다면, 근시일 안에 좋은 결과가 나올 것입니다."

황자의 거침없는 행동을 목격한 카이의 말투는 전보다 딱딱했다.

동시에 생각했다.

'위험한 녀석이다…… 하지만 더 무서운 점은 똑똑하다는 점이야.'

위험하기만 하면 단순한 경계의 대상이다. 하지만 위험한 존재가 똑똑하기까지 하면, 그때부터는 경계 정도로는 부족하다.

'이곳에 온 이유를 이제야 알겠네.'

카이는 오르페우스 황자가 군이 이 자리에 온 까닭을 알아챘다.

'명분을 얻기 위해서였어.'

현재 칼데란 제국은 폭군 같은 황제의 손에 의해 하나부터 열까지 관리되고 있다. 아무리 황제의 자리에 가까운 황자라고 해도, 지닌 권한이 크지는 않을 터.

'오르페우스 황자는 집안을 관리할 명분을 손에 넣었어. 그 것을 위해 이 자리에 온 거다.'

그는 집안 관리가 영 엉망이라는 것을 거듭 강조했다. 제국의 황자가 제 얼굴에 침 뱉기나 다름없는 행동을 하는 이유는 하나밖에 없다. 황제가 떡고물처럼 던져주는 권력을 받아먹는 것에 질려, 스스로 힘을 키우려 하는 것이다.

'저 웃는 얼굴에 넘어가는 순간, 물어뜯긴다.'

호부 밑에 견자가 없듯, 대륙을 진동시키는 사자는 더 위험한 새끼를 키우는 중이었다. 다행인 점은, 첫 만남이 그리 나쁘지 않다는 점이었다. 오르페우스 황자는 이 만남을 통해 제국 내의 영향력을 키울 수 있을 터.

자신을 은인으로 생각해도 이상할 것이 없었다.

실제로 자신을 바라보는 그의 눈빛은 매우 부드러웠다.

잠깐의 정적 끝에, 마침내 카이가 입을 열었다.

"오르페우스 황자님의 정의로운 결단을 태양신 헬릭께서 축복하실 겁니다."

"부디 그래 주셨으면 좋겠군요."

띠링!

[도화지에 사탕으로 만들어진 집을 그리고 있던 헬릭이 귀를 쫑긋 기울입니다.]

[그녀는 자신의 관심사가 카이와 간식뿐이라고 투덜대며, 다시 크레파스를 손에 쥡니다.]

"……분명 그러실 겁니다."

카이의 목소리가 살짝 떨렸지만, 오르페우스는 고개를 살짝 갸웃거릴 뿐, 별다른 의문을 품지는 않았다.

"이번 사건에 대한 보상은 근시일 내에 보내 드리도록 하겠습니다. 불미스러운 일이 일어난 점, 다시 한번 사과드립니다."

"말씀만으로도 충분합니다. 거듭 신경 써주셔서 감사합니다."

오르페우스가 손을 건넸다.

카이는 이게 웬 떡이냐 싶어 황급히 그의 손을 붙잡았다.

그러자 오르페우스의 머리 위로 짤막한 정보가 떠올랐다.

[오르페우스 폰 칼데란 LV.750]

'역시, 만만한 인물은 아니야.'

언뜻 부하 단원이 건네줬던 말이 떠올랐다.

'제국이 자랑하는 7인의 기사 중 한 사람이라.'

라시온 왕국의 바체, 파발의 레벨은 600 중반이었다. 그들보다 레벨이 100이나 높으니, 그의 기량이 어느 정도인지는 쉽게 감이 잡히지 않았다.

"그럼 저희는 이만."

짧게 고개를 숙인 오르페우스 황자는 원하는 것을 손에 넣고, 만족스러운 미소를 띠며 사라졌다.

그들이 떠나자 미네르바가 다가오며 조여왔던 긴장의 끈을 풀었다.

"후우. 무서운 사람이네요."

"확실히 위험해 보이긴 합니다."

"제가 볼 땐 카이 님도 똑같이 위험해 보여요."

"아니, 제가 뭘 했다고?"

카이가 눈을 깜빡이며 물었다.

이에 미네르바는 눈을 동그랗게 뜨며 물었다.

"모르셔서 묻는 건 아니죠? 오르페우스 황자가 잿밥에 관심이 많아서 망정이지, 그렇지 않았다면 이건 전쟁 선포로 받아들여도 할 말이 없는 일이었어요. 그런 일을 눈 하나 깜짝 안

하고 저지르는 게 아무나 할 수 있는 일은 아니잖아요?"

"……음."

이제는 카이의 부하로 전락했지만, 미네르바는 세계 9대 길드인 프레이를 이끄는 보스. 그녀 또한 오르페우스의 목적을 꿰뚫어 봤고, 카이와 그가 나눈 거래를 이해했다.

"확실히 그러네요."

블리자드가 잡혀 있다는 것에 정신이 팔려, 사소한 부분을 신경 쓰지 못한 카이였다.

"하지만……."

미네르바가 말끝을 흐렸다.

"……자신의 사람을 위해 그렇게 물불 안 가리고 뛰어드는 점은, 제법 멋있다고 생각해요."

"웬일로 칭찬입니까?"

"저는 없는 소리는 안 한답니다."

미네르바가 어깨를 으쓱거렸다.

잠시 그 모습을 바라보던 카이는 상쾌한 미소를 지으며 하늘을 처다봤다.

"칭찬은 고래도 춤추게 만든다더니, 기분은 좋네요. 날도 맑고."

띠링!

[밥만 먹고 부정부패를 일삼던 자작이 처치되었습니다.]

[당신은 이 결과에 지대한 영향을 미쳤습니다.]
[처치된 영주의 작위는 '자작'입니다.]
[선행 스탯이 40 상승합니다.]
[태양 목격자의 효과로 선행 스탯이 20 추가로 상승합니다.]

사건의 종지부를 알리는, 기분 좋은 알림이 울렸다.

몬스터 투기장 사건이 마무리되자, 카이는 성혈단과 작별 인사를 나누었다.

"단장님과 함께 일하게 되어 즐거웠습니다."

"언제든지 불러주십시오!"

"우리는!"

"약자들의 울타리, 부패한 자들의 목덜미를 노리는 비수!"

"아…… 응, 그래. 좋은 일 많이 하고."

이제는 카이가 자신들의 단장이라는 데 자부심마저 느끼는 성 혈단원들. 심지어 단장으로 기용될 때 했던 연설에 큰 감동을 받 았는지, 저 낯간지러운 문장을 오히려 자랑처럼 떠들고 다닌다.

단원들의 뜨거운 눈빛이 부담스러워진 카이는 그들을 서둘 러 돌려보냈다. 그리고 본인이 향한 곳은 사냥터였다. 아무도

오지 않는 외지의 사냥터.

걸음을 멈춘 카이는 몸을 돌려 블리자드를 쳐다봤다.

"설산에서 너와 헤어질 때 내가 했던 말, 기억나?"

"예. 국어 공부를 열심히 하라고 하셨습니다. 시험 친다고 하셨습니다."

"……그거 말고."

"아. 강해져서 돌아오라고도 말씀하셨습니다."

"그렇지."

듣고 싶던 대답을 얻어낸 카이는 손가락을 까딱거렸다.

"얼마나 강해져서 돌아왔는지 보자. 천천히 들어와 봐."

"저는 마스터가 강하다는 것을 누구보다 잘 알고 있습니다. 그러니 사양하지 않고 전력으로 가겠습니다."

예의바르게 고개를 꾸벅 숙인 블리자드의 머리가 다시 올라왔을 때, 녀석의 눈빛은 날카롭게 번뜩이고 있었다.

그는 자신의 머리를 깨끗하게 비웠다. 카이가 자신의 마스터라는 것을 지워냈고, 그가 조금 전 자신을 구출했다는 사실도 지웠다. 그 자리를 대신해서 채운 것은 오직 하나의 생각뿐이었다.

'어떻게 해야 쓰러뜨릴 수 있지?'

카이를 어떻게 쓰러뜨릴 수 있을지에 대한 생각!

그 생각이 그의 머리를 꽉 채웠고, 수백 가지의 방법이 빠르게 떠올랐다가 사라졌다.

"어…… 진짜 천천히 들어오라는 말은 아니었어."

"죄송합니다. 바로 가겠습니다."

블리자드는 몸을 낮춰 땅에 납작하게 붙은 뒤, 사족보행을 시작했다.

파바바박!

리자드맨 본인들의 최대 속도를 낼 수 있는 자세!

"으음?"

그의 움직임을 예의 주시하던 카이가 눈살을 찌푸렸다. 자신의 주변을 빙빙 돌던 블리자드의 모습이 감쪽같이 사라진 탓이었다.

'이것도 오랜만인데? 게다가 더 정교해졌어.'

블리자드의 고유 기술 중 하나인 카모플라쥬!

주변 배경에 물감처럼 녹아든 블리자드의 모습은 쉽게 보이지 않았다.

'예전에는 녀석한테 포선을 뿌려서 위치를 파악했는데…….'

자신이 그 전투를 기억하는 것처럼, 블리자드도 기억하고 있었다. 그런 이유로 블리자드는 선불리 달려들지 않았다.

'다시 겪어봐도 카모플라쥬는 고급 기술이야.'

주시하고 있던 와중에도 움직임을 놓쳤다. 하물며 블리자드가 근처에 있다는 사실 자체를 모른다면?

'넌 최고의 암살자가 될 수도 있겠어.'

물론 전사의 혼이 그것을 용납할지는 별개의 문제였지만.

번뜩!

카이의 눈동자가 녹빛으로 물들었다. 매의 목격자가 활성화된 탓이었다.

'전방에는 없고, 위쪽의 나무도 아니야. 땅을 파는 소리도 들리지 않았으니……'

블리자드는 어느새 자신의 배후를 점한 상태였다.

생각이 거기까지 이어졌을 때, 카이의 검집이 거친 숨결을 토해냈다.

까아아아아아아앙!

동시에 두 자루의 곡도와 한 자루의 롱소드가 부딪치며 금속이 갈리는 비명을 내질렀다.

"크르릉."

거친 콧김을 뿜어낸 블리자드는 그 대치 상태를 이어가며 꼬리를 휘둘렀다.

'마스터에게는 꼬리가 없지.'

때문에 그가 고를 수 있는 선택지는 회피뿐일 것이다. 블리자드는 그렇게 판단했지만, 그건 오산이었다.

"중력장."

블리자드가 무사 수행 기간 동안 강해진 것처럼, 카이도 놀고 있었던 건 아니었으니까.

순식간에 무거워진 꼬리는 카이의 옆구리 대신 땅을 강타했다.

푸화아악!

흙먼지가 잔뜩 피어오르는 순간, 그리고 블리자드가 예상치 못한 상황에 당황하는 순간. 카이는 몸을 살짝 뒤로 빼서 블리자드의 흐름을 빼앗고는 재차 돌진했다.

몸의 균형이 무너진 블리자드는 눈에 띄게 당황한 표정을 지으며 앞으로 무너졌다.

그런 그의 가슴팍으로 카이의 검 손잡이가 벼락처럼 떨어졌다.

콰아아아앙!

'이 녀석, 여전히 심리전으로 들어가면 약하잖…… 음?'

돌연 예상치 못한 메시지가 카이의 귓가를 흔들었다.

띠링!

[카운터 어택에 14,840의 대미지를 입습니다.]
[예상치 못한 충격으로 모든 움직임이 2초 동안 봉쇄됩니다.]

'뭐라고?'

카이가 화들짝 놀란 표정을 지었다.

예기치 못한 대미지가 훅 들어와서 놀란 것은 아니었다.

'블리자드가 이 정도의 심리전을 걸 줄 안다고?'

놀란 것은 바로 그 부분.

무사 수행을 떠나기 전의 블리자드는 용맹했다. 아오사와의 전투 때도, 잔머리를 굴리지 않고 정면에서 맞서는 무모함을 보여줄 정도였다.

그랬던 블리자드가 변했다.

'싸움에서 이기는 방법을 익혔어. 표정 연기도 제법인데?'

단순히 강하기만 한 자는, 강하면서 머리가 좋은 자를 당해내지 못한다. 전사처럼 용맹했지만 앞만 보고 달려들던 과거의 블리자드는 실력자들의 좋은 먹잇감. 그 이상도 이하도 아니었다.

하지만 지금은?

'……이 녀석, 정말 강해졌구나.'

카이의 입가 주변에 웃음이 만개했다. 가르쳐 주는 사람도 없었는데, 스스로 이 정도의 실력을 쌓은 블리자드가 기특해서였다.

'하지만 기특한 것과는 별개로, 마스터의 체면을 구길 수는 없지.'

블리자드는 스턴 상태에 빠진 카이에게 득달처럼 달려들었다.

그리고 그 순간, 카이의 몸을 금빛 광채가 휘감았다.

"햇살의 따스함."

순식간에 디버프 상태를 해제한 카이의 왼쪽 소매에서 사슬이 튀어나갔다.

촤르르르륵!

신성 사슬은 위쪽의 단단한 나뭇가지를 반 바퀴 맴돌더니,

그대로 떨어지며 블리자드의 왼쪽 팔에 휘감겼다.

"크르륵?"

카이는 당황한 표정의 블리자드와 눈을 마주쳤다.

그리고 다음 순간, 있는 힘껏 사슬을 잡아당겼다.

부우웅!

블리자드는 몸에 힘을 주며 버텼지만, 도르래의 원리까지 이용한 카이의 압도적인 힘에 저항할 수는 없었다. 결국 허공에 대롱대롱 매달린 블리자드는 시무룩한 표정을 지었다.

"……졌습니다. 내려주십시오."

"나한테 한 방 먹일 생각에 물불 안 가리고 뛰어들더라?"

카이가 웃으며 신성 사슬을 해제하자, 바닥에 착지한 블리자드가 고개를 흔들었다.

"그런 건 아닙니다. 단지……."

우물쭈물, 쉽게 말을 잇지 못하는 블리자드의 입안에서 한 문장이 맴돌다가 사라졌다.

'마스터에게 인정받고 싶었습니다.'

결투에서 일방적으로 패배한 블리자드는 차마 그 말을 내뱉지 못했다. 자신에게 그런 말을 뱉어낼 자격이 없다고 판단했기 때문이다.

그랬기 때문에 더욱 크게 반응했다.

"너, 엄청 강해졌네."

검을 갈무리하던 카이가 뜬금없이 뱉어낸 말에 말이다.

"……잘 못 들었습니다?"

"너 강해졌다고. 내 등을 맡겨도 좋을 만큼 강해졌어."

싱긋 웃는 카이의 얼굴을 바라보던 블리자드가 멍한 표정을 지었다. 그것도 잠시, 눈을 휘둥그렇게 뜬 블리자드가 저도 모르게 두 주먹을 꽉 쥐었다.

"저, 정말이십니까, 마스터!"

"물론이지. 지금 당장 널 당해낼 유저가 몇이나 있겠어."

단순한 립 서비스가 아니었다. 실제로 현재 블리자드의 실력은 상위 랭커는 되어야 상대가 가능할 정도였다.

그렇다면 진심으로 등을 맡길 수 있겠다고, 카이는 생각했다.

"마, 만약 저에게 등을 맡겨주신다면…… 마스터의 등을 제 목숨보다 소중히 여기겠습니다."

블리자드의 샛노란 눈동자가 의욕으로 활활 불타올랐다.

"그래그래."

적당히 맞장구를 쳐준 카이가 그와 함께 영지로 돌아가려는 찰나.

블리자드가 잠시 머뭇거리더니 힘겹게 입을 열었다.

"저…… 마스터."

"응? 왜."

"마스터는 병에 걸린 자들을 낫게 하는 힘을 지닌 것으로 알고 있습니다."

그 말에 카이는 시원하게 고개를 끄덕였다.

"그렇지. 근데 갑자기 왜?"

"제가 무사 수행을 할 때, 몬스터들에게 둘러쌓여 있던 사람을 하나 구했습니다."

"오, 좋은 일 했네."

"그런데 제 생각엔 그 사람이 많이 아픈 것 같습니다. 고통스러워 보였습니다."

블리자드가 하고 싶은 말을 깨달은 카이가 고개를 끄덕였다.

"앞장 서."

"……정말이십니까?"

"내 손이 보통 약손이 아니거든. 그리고 대체 어떤 사람이길래 네가 이렇게 마음을 쓰는지도 궁금하고."

"감사합니다."

블리자드가 고개를 꾸벅 숙였다.

사실 마스터의 심성이라면 자신의 부탁을 거절하지 않으리라는 믿음은 있었다. 하지만 이토록 아무렇지도 않게, 오히려 반갑다는 기색으로 승낙해 줄 줄은 몰랐다.

"자, 그럼 우린 이제 어디로 가야 하지?"

"플람이라는 조그마한 마을입니다."

"거기 가서 소환해 줄게."

플람은 텔레포트 게이트가 없는 조그마한 산골 마을이었다. 때문에 카이는 블리자드를 역소환한 뒤, 텔레포트 게이트를 이용해 플람과 최대한 가까운 도시로 이동해야만 했다.

"자, 여기가 제일 가까운 도시야. 길은 알겠어?"

"예. 한 번 가 본 적이 있습니다. 저 길 잘 찾습니다."

블리자드가 콧김을 뿜어내며 자신감을 내비쳤다.

하긴, 부족 최고의 전사라 꼽히던 녀석이 길치일 리는 없을 터.

녀석을 따라 산속 깊이 들어가기를 두 시간. 슬슬 해가 떨어지는 저녁 무렵이 되었을 때 두 사람은 한 마을에 도착할 수 있었다.

"여기야?"

"예, 이곳이 플람입니다. 좋은 마을입니다."

블리자드는 묘하게 들뜬 기색을 내비쳤다.

플람은 정말 작은 마을이었는데, 통나무로 지어진 오두막도 20여 채 정도밖에 보이지 않았다. 저녁이 다가오자 분주하게 움직이던 마을 주민들은 블리자드를 알아보고는 인사를 했다.

"오오, 저기 몬스터 검사 양반이 왔군."

"껄껄껄, 언제 사라졌나 했더니, 다시 돌아오기는 했군그래."

그들의 호의적인 반응에 카이는 블리자드의 옆구리를 팔꿈치로 툭 쳤다.

"인기 좋은데?"

"……마스터께서는 약자를 보호하라고 가르치셨습니다. 곤경에 처한 인간들을 가볍게 도와줬던 것뿐입니다."

블리자드는 최대한 겸손한 말투로 말하고 있었지만, 어깨와 입꼬리가 한껏 올라간 상태였다.

"그래서 누군데? 그 아프다는 사람은."

"저 집의 주인입니다."

블리자드가 기다란 손가락으로 오두막 하나를 가리켰다. 다른 집들과는 달리, 유난히 작고 낡은 집이었다.

곧장 걸어간 블리자드는 똑똑, 현관문을 두드렸다.

"……누구세요."

잔뜩 쉬어버린 목소리가 갈라진 나무 문 사이로 흘러나왔다.

"블리자드."

끼이이익.

블리자드가 자신을 소개하자, 가타부타 말없이 현관문이 열렸다. 문지방 너머로 서 있는 건 19세 정도로 보이는 소년이었다.

아이라고 하기엔 너무 크고, 그렇다고 어른이라고 부르기에도 애매한 나이. 그의 눈두덩이 밑으로는 짙은 다크써클이 내려와 있었다.

"드, 드디어 와주셨군요. 이제야 검술을 가르쳐 주시는 겁니까?"

절레절레.

블리자드가 고개를 흔들었다.

그는 소년에게 카이를 소개했다.

"지금 너에게 필요한 것은 검술이 아닌 치료다."

옅은 한숨을 내쉰 블리자드는 카이를 쳐다보며 입을 열었다.

"카이 님. 이 아이의 이름은 로엔…… 보다시피 상태가 많이 안 좋은…… 마약 중독자입니다."

"흐음……."

카이가 침음을 흘렸다.

'햇살의 따스함으로 마약 중독증도 치료가 가능할까?'

쇠뿔도 단김에 빼는 법.

"잠시 실례하겠습니다."

카이는 로엔에게 햇살의 따스함과 큐어, 블레스를 비롯한 각종 스킬들을 사용했다. 로엔의 혈색이 훨씬 나아지고, 다크써클이 사라졌지만, 그래도 죽어 있는 눈동자는 변하지 않았다.

"치료…… 시도해 보지 않은 방법이 없습니다."

로엔이 힘없이 피식거리며 고개를 흔들었다.

"하지만 소용없었어요. 순회 방문을 하는 치료사가 그러더군요. 제가 지닌 병은 마음의 병이라 스스로 이겨내는 수밖에 없다고. 하지만…… 전 도저히…… 도저히…… 크윽."

말을 잇던 로엔이 돌연 눈물을 줄줄 흘리기 시작했다.

카이가 블리자드를 쳐다보자, 그가 천천히 입을 열었다.

"아버지가 자기 때문에 죽었다는 죄책감 때문입니다."

'죄책감인가.'

카이의 눈동자로 깊은 안타까움이 스쳐 지나갔다.

죄책감은 저지른 잘못에 대한 후회와 참회를 의미하는 단어이다. 잘못을 저지르고도 이것이 결여된 쓰레기들이 있는가 하면 눈앞의 로엔처럼 죄책감에 사로잡혀 큰 고통을 앓는 이들도 있다.

'이런 케이스를 다뤄보는 건 나도 처음이야.'

봉사 활동은 자주 갔어도, 이렇게 심리적인 병을 앓고 있는 사람을 도왔던 적은 없었다.

"자세한 이야기를 들려주시겠습니까?"

"······누추하지만 들어오시지요."

로엔의 지친 음성이 두 사람을 내부로 이끌었다.

오두막으로 들어간 카이는 우선 집 안을 살폈다.

'······온기가 없어.'

사람이 살고 있는 집은 응당 온기를 품고 있게 마련이다. 밥을 먹으려면 불을 지펴야 하고, 지금 같은 겨울철에는 난로도 사용해야 하니까.

하지만 로엔의 집은 마치 폐가처럼 온기가 느껴지지 않았다. 집 안을 가득 채우는 것은 코끝을 간질이는 기묘한 냄새.

"죄송합니다."

로엔이 황급히 책상 위의 풀을 치우며 말했다.

정황상 그것이 마약처럼 보였다.

"아닙니다."

미안한 표정으로 먼지 내린 의자를 권한 로엔이 물을 떠 와 그들에게 건넸다.

"마실 것이라곤 이것밖에……."

"고맙습니다. 마침 목이 말라서 물이 마시고 싶었는데 잘됐네요."

물을 시원하게 들이켠 카이는 로엔을 쳐다보았다.

그 시선의 의미를 알아차린 로엔이 천천히 입을 열었다.

"음…… 이야기를 시작하려면 석 달 전으로 거슬러 올라가야 합니다."

"부담 갖지 마시고 천천히."

카이의 거듭된 배려에 로엔은 천천히 자신의 이야기를 풀어 나갔다.

"오면서 보셨다시피, 프람은 조그마한 산골의 마을입니다."

"그렇더군요."

"저희 아버지는 이 마을의 유일한 사냥꾼이셨습니다. 주민들이 사용하는 가죽, 먹는 고기의 대부분은 아버지께서 공수하셨지요."

돌아가신 부친을 떠올려서인지 로엔의 안색이 어두워졌다.

"아버지께서는 제가 당신의 뒤를 이어 사냥꾼이 되시기를 원하셨습니다."

"대부분의 아버지들은 자식이 가업을 이어주는 것을 원하시니까요."

자신의 아버지를 떠올린 카이가 말했다.

"예. 하지만 전 어려서부터 진리를 탐구하는 학자가 꿈이었습니다. 하지만…… 이 작은 마을에서는 학자라는 직업이 필요하지 않았지요."

"확실히."

카이가 고개를 끄덕였다.

산골 마을 프람의 문명 수준은 그리 높지 못했다. 변변한 하수 시설이 있는 것도 아니었고, 뛰어난 지식이 필요한 장소도 아니었다.

"아버지와 전 항상 충돌했습니다. 도시로 상경하려는 저를 아버지께서는 이해하지 못하셨고, 항상 막으려 드셨지요. 그래서 저는……."

두 손으로 물잔을 쥐고 있던 로엔의 두 손이 부르르 떨렸다. 이를 악문 그는 힘겨운 표정으로 말을 이어갔다.

"가출을 결심했습니다. 도시로 가서 그곳에서 성과를 내오면…… 완강한 아버지도 절 이해해 주실 거라고 믿었던 거지요."

"성공하셨습니까."

"절반은요. 석 달 전 겨울 식량을 비축하려는 몬스터들이 기승을 부리던 시기였습니다. 당연히 아버지는 아침 일찍 나가 밤

늦게 들어오셨지요. 가을에서 겨울로 넘어가는 시기는 사냥꾼이 가장 피곤한 계절입니다. 그래서 새벽 즈음에는 아버지가 곯아떨어지셔서서 누가 업어가도 모를 지경이 되시지요. 그때 전 약간의 금품을 챙기고 집을 떠났습니다. 그때까지만 해도 제 발걸음은 가벼웠고, 장밋빛 미래를 그리고 있었습니다."

불안감이 엄습해 온다. 어쩌면 이 이야기의 결말이 행복하지 못하다는 것을 알기에 느끼는 감정일지도 몰랐다.

"하지만…… 전 아버지의 시선만 따돌릴 생각에 중요한 것을 망각하고 있었습니다."

"중요한 것이라면?"

"바로 새벽의 산은 위험하다는 것. 그리고…… 가을 시즌의 몬스터들은 식량 비축을 위해 새벽에도 활발하게 돌아다닌다는 것이지요. 그것도 매우 흉포한 상태로 말입니다."

"아……."

"산을 내려가던 중 칼날 늑대 무리와 마주쳤습니다. 정신없이 비탈길을 내려갔지요."

카이의 머릿속으로 그 장면이 상상되었다.

"거친 숨을 내뱉으며 쉴 새 없이 두 다리를 놀리던 저는 결국 돌부리에 걸려 넘어졌습니다. 가파른 비탈길을 데굴데굴 굴러갔지요. 그때부터는 잘 기억이 나지 않습니다. 아버지의 고함이 들렸던 것, 그리고 칼날 늑대 몇 마리가 쓰러지던 장면만이 떠오릅니다."

결국 두 눈을 감은 로엔의 눈에서 굵은 눈물이 뚝뚝 떨어졌다.

"아버지는…… 제 아버지는 칼날 늑대를 수백 마리나 잡아 보신 사냥꾼입니다. 준비만 완벽했다면, 칼날 늑대 따위에게 그렇게 허무하게…… 허무하게……."

로엔은 말을 끝맺지 못했다.

하지만 그 심정을 이해한 카이는 그의 어깨를 토닥였다.

'눈앞에서 몬스터에게 아버지가 잡아먹히는 모습을 보다니.'

심각한 트라우마로 남는 것이 당연했다.

게다가 그것은 자신으로 인해 발생한 일.

이토록 심한 죄책감에 시달리는 것이 이상할 정도는 아니었다.

"흐윽…… 그때로 되돌아갈 수만 있다면…… 그냥 아버지가 원하는 것을…… 사냥꾼이 되면 그만인 것을……."

오열하는 로엔을 토닥이는 카이에게, 블리자드가 물었다.

"마스터…… 어떻게 방법이 없겠습니까? 저번에 봤을 때보다 더 심각한 상태입니다."

"으음."

자신의 과거를 끝없이 후회하며, 약 없이는 현재를 살아가지 못하는 남자다.

카이는 로엔의 눈물로 젖어가는 자신의 소매를 내려다보며 생각했다.

'메모리 다이브…… 그 스킬이라면 가능할지도.'

천하의 헬릭마저 극도로 경계하며 주의를 하라고 신신당부했던 힘이다.

'기억 속에 뛰어들어 대상의 마음과 기억을 조작하는 스킬.'

한 번도 사용해 본 적이 없기에 어떤 원리로 사용되는지, 어떤 결과를 빚어내는지는 모른다.

'하지만 이대로는 로엔이……'

이미 로엔의 눈동자는 죽어버린 물고기처럼 텅 비어 있었다. 약에 찌들고, 그 어떤 삶의 목적도 찾지 못한 공허한 상태.

결국, 입술을 깨문 카이가 블리자드를 쳐다봤다.

"치료를 시작한다. 단, 시간이 얼마나 걸릴지는 나도 몰라."

"개미 한 마리도 접근하지 못하도록 하겠습니다."

블리자드가 눈을 번뜩이며 각오를 다졌다.

"고마워, 그럼 부탁할게."

고개를 끄덕인 카이는 로엔에게 고개를 돌렸다.

"로엔 님. 확신은 없지만, 제가 당신을 도울 수도 있을 것 같습니다."

"저, 정말이십니까?"

"예, 하지만 그전에 한 가지. 이 방법은 저도 처음 시도해 보는 상황이라…… 어떤 결과가 나올지는 솔직히 장담하지 못합니다."

"괜찮습니다."

로엔이 잠시의 망설임도 없이 단언했다.

"몸뚱이가 살아 있다고 사는 것이 아닙니다. 요즘 들어서는 차라리 죽는 것이 나을지도 모르겠다는 생각이 들 정도로 정신이 피폐해져 갑니다. 흐윽……."

이미 지칠 대로 지친 로엔은 마지막 동아줄을 잡는 심정으로 카이에게 부탁했다.

"제발 저 좀…… 어떻게 해주십시오, 선생님……."

카이는 애원하는 눈빛으로 자신을 올려다보는 로엔을 내려다보며 천천히 손을 들었다.

그의 이마에 손바닥을 올린 카이의 입술이 달짝였다.

"메모리 다이브."

띠링!

동시에 시야가 뒤바뀌었다.

[로엔의 기억 세계에 입장했습니다.]
[스페셜 칭호, '몽상가'를 획득합니다.]

[몽상가]
[등급 : 스페셜]

[내용 : 기억 세계에 최초로 방문한 자에게 주는 칭호.]

[효과]

기억 세계에서의 공감 능력을 감소시킨다.

귓가를 울리는 메시지에 카이가 정신을 차렸다.

'이곳이 로엔의 기억 속? 아니, 그것보다 몽상가라니.'

스페셜 칭호의 효과를 훑어보던 카이의 눈매가 가늘어졌다.

'공감 능력을 감소시킨다? 이건 대체 무슨 효과지?'

말 그대로 듣도 보도 못한 잡 효과.

고개를 갸웃거리며 인터페이스 창을 치워낸 카이는 그제야 주변을 둘러봤다. 현재 그는 온통 검은색으로 도배가 되어 있는 공간에 앉아 있는 상태였다. 머리 위로는 로엔의 기억으로 추정되는 장면들이 원을 그리며 돌고 있는 중이었다.

"끄응. 무슨 토요명화의 오프닝 장면도 아니고."

멍하니 기억들을 올려다보던 카이가 머리를 긁적였다.

'역시 이 게임은 불친절하다니까.'

새로운 스킬에 대한 도움말 따위는 과감하게 생략해 버리는 배포!

잠시 고민하던 카이가 혹시나 하는 마음에 입을 열었다.

"로엔이 가장 후회하고 있는 기억."

다행히 그의 예상은 맞아떨어졌다.

띠링!

[34일 전, '아버지의 죽음'을 로드하겠습니까?]

머리 위를 떠다니던 수십만 개의 기억 중, 한 장면이 카이의 눈앞에 떨어진 것이다.

'이 기억인가.'

로엔이 그토록 후회하고, 고치고 싶었던 단 하나의 기억.

"아버지의 죽음을 로드한다."

명령어를 내뱉자 다시 한번 시야가 암전되었다.

"헉!"

깜짝 놀란 카이가 용수철처럼 튀어 오르며 자리에서 벌떡 일어났다. 주변을 둘러보니, 자신은 다시 로엔의 방으로 돌아온 상태였다.

'뭐지? 스킬 사용에 실패한 건가? 왜 내가 침대에 누워 있는 거지?'

눈을 가늘게 뜨며 내부를 살핀 카이는 무언가 달라진 점을 느낄 수 있었다.

'온기가 느껴져.'

아무도 살지 않는 집처럼 삭막하던 로엔의 오두막집에 따스한 기운이 흐르고 있었다.

그뿐만이 아니었다. 벽에는 동물들의 가죽과 뿔, 그리고 예리한 화살이나 덫 등이 걸려 있었다.

끼이익.

문이 열리고 덥수룩한 수염을 기른 한 중년의 남자가 들어왔다.

나이에 걸맞지 않은 근육질의 몸매 때문인지 그는 '단단한 사람'이라는 인상을 남겼다.

"오늘은 일찍 일어났구나."

험악하게 생긴 중년의 남자가 미소를 지으며 부드럽게 말했다.

"저…… 이게 어떻게 된 일이죠? 로엔과 블리자드는 어디 있습니까?"

카이의 정중한 질문에 중년인이 미묘한 표정을 지었다.

"……."

입을 꾹 다문 그는 침대로 다가와 두꺼운 손으로 카이의 이마를 짚었다.

"열은 없는데…… 아무래도 잠이 덜 깬 모양이구나. 어서 일어나서 세수하고 와라, 로엔."

"……예?"

어안이 벙벙한 표정의 카이를 보며 미소를 지은 중년은 도끼를 챙기고는 다시 집을 나가버렸다.

'갑자기 이게 무슨…… 잠깐, 설마?'

서둘러 자리에서 일어난 카이는 장작을 팰 준비를 하는 중년인에게 물었다.

"저기, 여기 세수를 하는 장소가……."

"……잠이 심각하게 덜 깬 모양인데. 저쪽에 호수가 있잖느냐."

"가, 감사합니다."

중년인이 가리킨 방향으로 달려간 카이는 잠시 후 호숫가를 발견했다.

그는 미끄러지듯이 무릎을 꿇으며 호숫가에 비친 자신의 얼굴을 확인했다.

"……맙소사."

카이가 믿기지 않는다는 표정으로 중얼거리며 제 얼굴을 더듬었다. 부모님이 낳아주신 그의 잘생긴 얼굴은 온데간데없었다.

'이건 로엔의 얼굴이잖아?'

호숫가에 비친 것은 다름 아닌 로엔의 얼굴.

제법 큰 충격에 빠진 카이는 우선 호숫물을 제 얼굴에 끼얹었다.

촤아아악!

아침의 차가운 물줄기가 얼굴을 뒤덮었고, 몽롱했던 정신이 확 들었다.

'……이것이 메모리 다이브.'

역시 한 사람의 기억을 동영상 따위를 편집하듯 간단히 할 수 있을 리가 없다.

'내가 직접 로엔이 되어서, 그가 후회하는 기억이 생기지 않도록 만들어야 하는 건가.'

하지만 이어서 또 하나의 고민이 밀려들었다.

"······만약 내가 로엔의 아버지를 살리면 어떻게 되는 거지?"

현실에서 그의 아버지는 이미 죽었다.

메모리 다이브는 현실을 조작하는 신의 기술이 아닌, 대상의 기억을 조작하는 악마의 기술.

'이거, 생각보다 훨씬 골치 아픈 일이잖아.'

머리를 벅벅 긁으며 생각을 이어가던 카이는 잠시 후, 그럴듯한 결론을 내렸다.

'로엔의 기억 속에서 그의 아버지를 살려봤자 도움은 안 돼. 오히려 내가 여행을 끝냈을 때, 그는 아버지가 갑자기 죽은 것을 받아들이지 못하고 괴리감에 휩싸이겠지.'

최선의 방안은 아버지의 죽음을 로엔이 자연스럽게 받아들일 수 있게끔 하는 것뿐이다.

"후······ 한번 해보자."

각오를 품은 카이의 눈빛이 형형하게 빛났다.

마을의 호숫가를 둘러보던 카이는 우선 스탯창을 불러들였다.

[로엔]

[직업 : 없음]

[레벨 : 238]

[칭호 : 사춘기를 겪고 있는]

[생명력 : 65,100]

[마나 : 81,200]

[능력치]

힘 : 502 / 체력 : 651

지능 : 812 / 민첩 : 308

신성 : 13 / 탐구 : 52

'역시. 내 스탯을 그대로 사용할 수는 없는 건가.'

사실 이 정도는 예상했었다. 때문에 큰 실망감을 드러내지 않고 로엔의 스탯을 천천히 살폈다.

'기본적으로 몸의 밸런스는 잘 맞춰져 있어. 사냥꾼인 아버지에게 이것저것 배우고, 산에서 생활을 해서 그런가?'

눈에 띄는 것은 높은 지능 수치와 탐구라는 고유 스탯이었다.

"탐구 스탯 확인."

[탐구]

대상의 본질을 파악하는 능력이 늘어납니다.

"흠."

대상의 본질이라, 이건 자신의 위엄과는 달리 상당히 애매한 능력이었다.

'보유 스킬은 뭘 가지고 있지?'

카이는 호숫가에 앉아 로엔의 모든 것을 살피기 시작했다.

[중급 함정 설치 LV.2]

[중급 궁술 LV.3]

[중급 도축 LV.7]

[고급 수학 LV.1]

[고급 역사 LV.2]

[학습. Passive]

[분석. Passive]

[명석한 두뇌. Passive]

"흠……."

현재 로엔의 스킬들 중 지금 당장 카이에게 도움이 될 만한 것은 함정 설치와 궁술, 도축 정도가 전부였다.

'그나저나 수학과 역사 스킬이 따로 있을 정도라니.'

도시에서 공부를 하고 싶어 하던 그의 눈빛이 떠올랐다.

'스탯 자체는 좋은 편이야. 밸런스가 잘 잡힌 지력캐잖아.'

자리에서 일어난 카이는 곧장 프람 마을로 돌아갔다.

3개월 전이나 현재나 큰 차이가 없는 산골 마을.

우드득!

자신에게 말을 건넸던 수염 중년인은 여전히 장작을 패는 중이었다.

'저 사람이 로엔의 아버지겠지.'

로엔의 집에 자연스럽게 들락거리는 중년인이니 확실할 수밖에.

생각이 거기까지 미치자 카이의 눈빛이 바뀌었다. 자신의 사소한 말이나 사건까지 로엔의 기억이 될 터이니 좋은 추억을 많이 남겨줘야 했다.

"오늘은 언제 사냥 나가세요?"

카이가 방실방실 웃으며 다가가자, 로엔의 아버지인 휴가 살짝 놀란 표정을 지었다. 사춘기인 자신의 아들은 자신만 보면 툴툴거리는 것이 일상이었기 때문이다.

"옆집의 엘렌 할머니가 장작이 필요하대서, 조금 준비해 드리고 나갈 생각이다."

"저도 같이 가도 돼요?"

"진심이냐?"

휴의 얼굴에 기쁨이라는 감정이 떠올랐다.

매번 도시에서 공부를 하고 싶다며 속만 썩이던 아들이 먼저 사냥을 가고 싶다고 말하다니!

"진심이죠. 안 돼요?"

"안 될 리가! 당연히 된다. 안에서 준비하고 있거라. 장작은 금방 끝나니까."

휴의 두 팔이 부풀어 올랐고, 장작을 패는 속도가 빨라졌다. 오랜만에 아들과의 사냥이 기대됐던 탓이었다.

집으로 들어가 사냥 장비들을 챙긴 카이가 집 밖으로 나오자, 휴는 장작을 한 아름 안고 옆집의 문을 두드리는 중이었다.

"부탁하신 장작, 여기 있습니다."

"매번 고맙단다. 이것 뒤뜰에서 키운 토마토……."

그가 옆집 할머니와 대화를 나누는 것을 지켜보던 카이의 안색이 어두워졌다.

'추억을 많이 만들 생각이기는 한데…… 결과적으로 휴는 죽어야 해.'

문제는 그 방법이다. 만약 자신이 내일 새벽에 가출을 시도하지 않으면, 휴는 죽지 않는다.

'하다못해 휴가 불치병에라도 걸렸으면 이야기는 편해졌을 텐데.'

카이가 한숨을 내쉬는 순간, 휴가 어깨를 들썩이며 기침을 토해냈다.

"쿨럭, 쿨럭!"

"네 기침은 날이 갈수록 심해지는구나. 역시 지금에라도 병에 대해서 로엔에게 말해야……."

"쉿."

엘렌 할머니가 걱정하는 표정으로 말하자, 휴가 이를 다급히 제지하며 카이의 눈치를 살폈다.

카이는 애꿎은 장비를 재점검하며 못 들었다는 표정을 지었다. 하지만 그런 그의 겉모습과는 별개로, 머리는 재빨리 돌아가는 중이었다.

'뭐지? 병이라니?'

로엔에게 그런 이야기를 들은 적은 없다.

그렇다면 로엔조차 몰랐다는 뜻, 혹은…….

'내가 그렇게 바랐기 때문에?'

카이의 안색이 굳어졌다.

우연의 일치일지도 모르겠지만, 타이밍이 공교로웠으니까.

카이는 다가오는 휴를 향해 말을 걸었다.

"안색이 어두우시네요. 어디 아프세요?"

"……어제 잠을 설쳐서 그런 거니 신경 쓰지 말거라."

언뜻 차갑다고 느껴질 정도로 단호하게 말을 끝낸 휴는 사냥 준비를 빠르게 마쳤다.

"바로 출발하지."

"오늘은 뭘 잡으실 거죠?"

"마을에서 멀지 않은 곳에 칼날 늑대들의 배변이 발견되었다. 늑대는 무리를 이루는 생물. 게다가 배변의 양을 보니 절대 작은 규모의 무리는 아니다. 주민들이 위험해질 수도 있으니 그전에 사냥한다."

"늑대 사냥이군요."

"제법 강행군이 될 텐데. 괜찮으냐?"

"저는 괜찮습니다."

카이가 씁쓸한 기분을 감추며 활짝 웃자, 휴의 입꼬리도 저절로 올라갔다.

휴의 말처럼 강행군이 이어졌다.

"허억, 허억……"

특히 로엔의 빈약한 스탯을 지니고 그 강행군을 따라가는 카이는 죽을 맛이었다.

'이런 곳에서 새삼스럽게 스탯의 중요성을 느끼다니.'

카이의 고통스러운 안색을 흘깃 쳐다본 휴가 입을 열었다.

"다 왔다. 이 근처에서 배변을 발견했으니…… 조심하거라."

자신이 일전에 표시해 놓은 나무의 표식을 가리킨 그의 발걸음이 조심스러워졌다.

"허억…… 몇 마리…… 정도나 있을까요?"

물을 마시며 숨을 돌리던 카이가 물었다.

"배변의 양과 발자국을 보면…… 못해도 서른 마리는 될 것같다. 정면 승부는 절대적으로 피해야 한다."

"서른 마리……."

일반적인 플레이어조차 동 레벨의 몬스터를 그 정도까지 상대하지는 못한다. 심지어 휴는 기사도 아닌 사냥꾼.

"함정을 설치해야겠군요."

"예전에 가르쳐 준 것들, 기억하느냐?"

"어…… 아마도요."

이유는 모르겠지만, 할 수 있겠다는 생각이 들었다.

"그렇다면 한번 해보거라. 위치는…… 여기와 저기, 저기가좋겠군."

카이는 가방을 열어 덫을 꺼낸 뒤, 휴의 지시한 위치에 설치하기 시작했다.

'신기하네. 함정 설치 스킬을 배운 적은 없는데.'

그럼에도 불구하고 그는 아주 능숙하게 함정을 설치할 수있었다.

마치 오랜만에 피아노 건반 위에 손을 올려도 손가락이 저

절로 움직이는 느낌이랄까.

"⋯⋯가르쳐 준 걸 까먹지 않고 있었구나."

"그, 그렇죠 뭐."

휴가 감동받은 목소리로 말하자, 카이가 머쓱한 표정을 지으며 말했다.

"안쪽으로 더 들어가자. 날이 어두워지기 전에 작업을 마쳐야 하니. 서둘러야 해."

두 사람은 산속 깊은 곳으로 들어갔다.

해가 산의 중턱에 걸리고, 산맥이 노을로 뒤덮이는 시간이 되었다.

"후우. 조금만 더 설치하면 끝나네요."

"이제 잘하는구나."

휴가 솥뚜껑만 한 손을 들어 카이의 머리를 쓰다듬었다. 그의 얼굴 위로는 자랑스러움이라는 감정이 떠올라 있었다.

"정말이지 다 컸다. 만약 네가 사냥꾼이 된다면 잘 해낼⋯⋯ 쿨럭, 쿨럭!"

휴의 기침은 시간이 지날수록 점점 더 심해졌다. 지금에 이르러서는 듣는 이로 하여금 걱정이 덜컥 들 수밖에 없을 정도.

"괜찮으세요?"

카이가 황급히 물병을 건네자, 휴는 자신의 손바닥을 내려다보며 인상을 찌푸렸다.

"피, 피잖아요?"

그의 손바닥을 확인한 카이가 짧은 비명을 질렀다.

"괜찮으세요? 기침에서 피가 나오다니, 아무래도 절대 정상은 아니……."

"로엔. 준비해라, 지금 바로 내려간다."

"예? 하지만 함정의 설치가 끝나지 않았……."

아오오오오오!

돌연 그리 멀지 않은 곳에서 늑대들의 울음소리가 들렸다. 그것도 한두 마리가 아니라, 못해도 수십 마리가 동시에 우는 듯한 소리였다.

"이런……."

휴의 인상이 일그러졌다.

"칼날 늑대의 후각은 그 어떤 생물보다 우월하다. 게다가 피 냄새 같은 경우는…… 3킬로미터 밖에서도 맡을 수 있지."

피가 묻어 있는 주먹을 꽉 쥔 휴는 서둘러 짐을 챙겼다.

"지금 바로 내려간다!"

평화롭던 분위기가 손바닥 뒤집듯 돌변했다.

"젠장, 따라잡혔어요!"

달리던 와중 뒤를 돌아본 카이가 소리쳤다.

'저게 다 몇 마리야?'

눈으로 확인한 것만 최소 25마리. 게다가 늑대는 무리 생활을 하며, 사냥을 할 때는 몰이사냥을 하는 존재들이다.

'사이드 쪽의 적까지 생각하면……'

최소 40마리 이상의 대규모 칼날 늑대 무리!

카이의 안색이 굳어졌다.

'잠깐만, 그런데 내가 여기서 죽으면 어떻게 되는 거지?'

그것은 카이 캐릭터의 죽음으로 이어지는 걸까?

아니면…….

'로엔의 죽음으로 이어질 수도.'

생각이 거기까지 미치자 카이의 눈빛이 날카로워졌다.

'절대 죽게 놔둘 순 없어.'

자신의 사랑스러운 펫, 블리자드가 누군가를 도와달라고 부탁한 것은 처음이었다. 그 말은 블리자드가 로엔에게 어느 정도 마음을 나누어줬다는 뜻.

로엔이 죽으면 블리자드 녀석이 많이 슬퍼할 것이다.

"젠장!"

달려 나가던 휴는 엉덩이 부근에 매달아놓은 손도끼를 거칠게 뽑아 왼쪽으로 던졌다.

"끼이이잉!"

정수리에 도끼가 박힌 칼날 늑대는 그대로 피를 내뿜으며 넘어졌다. 덕분에 휴는 죽음의 위기를 넘겼지만, 상황은 더 심각해졌다.

"아우우우! 아우우우우우!"

"컹컹! 크허헝! 커허헝!"

칼날 늑대들이 대량의 피 냄새를 맡고 잔뜩 흥분하기 시작한 탓이었다.

"이 상태로는 마을로 못 내려간다!"

휴가 돌연 방향을 틀었다.

이 늑대들을 모두 이끌고 마을로 내려가면, 기다리는 것은 몰살뿐이기 때문이다.

딸깍, 딸깍!

"끼이이이이잉!"

그나마 다행인 부분이 있다면, 미리 설치해 놓은 수십 개의 함정들이 정상적으로 작동을 한다는 것이었다.

"이쪽으로!"

"허억, 허억!"

앞서가던 휴는 때때로 활을 통해 칼날 늑대들을 견제하며 카이를 도와주었다.

"크르르……."

"아오오오오!"

많은 칼날 늑대들이 함정에 걸리고, 화살에 맞아 쓰러졌다.

그쯤 되자 남아 있는 열 마리의 칼날 늑대들은 거리를 유지하며 천천히 그들을 쫓아왔다.

그들이 그런 행동을 하는 이유는 간단했다.

"허억, 허억……."

거듭된 도망과 전투에, 노련한 사냥꾼인 휴조차 호흡조절을 하지 못하기 시작한 것이다.

칼날 늑대들은 이미 두 사람을 다 잡은 사냥감을 생각하고 서서히 숨통을 조여왔다. 엎친 데 덮친 격으로, 쉴 새 없이 찾아오는 병마는 휴를 몇 배나 더 괴롭게 만들었다.

"허억…… 쿨럭, 쿨럭! 크어어억!"

그래서일까.

한창 잘 뛰어가던 휴는 돌연 피를 토하며 바닥을 굴렀다.

"이런!"

휴가 걱정되었지만, 그 상황에서 카이가 할 수 있는 단 하나뿐이었다.

바닥을 나뒹구는 휴의 활과 화살통을 집어 든 카이는 시위를 당기며 늑대들을 견제했다.

"크르르……."

"컹컹!"

칼날 늑대들은 그런 카이를 비웃으며 두 사람을 포위하고 천천히 원을 그리며 돌았다.

'우두머리, 우두머리를 찾아야 해.'

카이의 눈빛이 착 가라앉았다.

적들을 상대하기에 부족한 스탯, 부상당한 동료, 압도적으로 많은 숫자의 적들. 이 상황에서 자신이 고를 수 있는 최선의 선택지는 단 하나.

'우두머리를 치는 법뿐이야.'

거듭 말하지만 늑대는 무리 생활을 하는 이들. 당연하게도 결속력과 응집력이 굉장하다.

우두머리가 큰 부상을 입는다면 일단은 물러날 터.

물론 그런 이유로 우두머리가 자신의 정체를 드러내는 일은 없다.

'누구지? 저놈인가? 아니면 저놈?'

활대를 이리저리 돌리며 칼날 늑대들을 견제하는 카이의 눈동자가 바쁘게 돌아갔다. 그러기를 잠시, 칼날 늑대들의 조그마한 차이가 그의 눈에 들어오기 시작했다.

띠링!

[패시브 스킬, 분석의 효과로 적들을 분석합니다.]
[탐구 스탯의 영향으로 분석의 효과가 증폭됩니다.]

칼날 늑대들의 능력치는 마치 잘 정리된 도표처럼 카이의 눈앞에 떠올랐다.

'이것이 로엔의 능력……'

잠시 놀란 표정을 짓던 그는 이내 확신했다.

'저 녀석이다.'

다른 늑대들과 다를 것 없이 주변을 돌아다니는 칼날 늑대.

근육량이 가장 많았으며, 눈동자에는 자신감이 넘쳐흘렀다.

'중급 궁술이라고 했지.'

쫘아아악.

카이는 활대와 두 팔이 부들부들 떨릴 정도로 시위를 당겼다.

그 모습을 본 칼날 늑대들이 경계하듯 물러나는 순간.

카이가 몸을 살짝 비틀며 화살을 쏘아냈다.

푹-!

"크허허허허헝!"

화살은 우두머리로 추정되는 칼날 늑대의 왼쪽 눈에 정확히 박혔다.

녀석은 고통스러운지 바닥을 구르며 머리를 몇 차례나 뒤흔들더니, 고개를 높이 쳐들었다.

"아우우우우우우우!"

그 울음 소리에 다른 늑대들도 함께 울기 시작했다.

"아우우우우!"

"아우우우우!"

카이가 식은땀을 흘리며 이를 지켜보기를 잠시, 한쪽 눈으로 그를 노려보던 녀석은 화살통에 담긴 넉넉한 화살을 한 차례 쳐다보더니 몸을 돌려 달아났다.

녀석을 따라 함께 도망치는 칼날 늑대들.

"……돼, 됐다."

오랜만에 스릴 넘치는 전투를 치른 카이는 곧장 누워 있는 휴를 확인했다.

그의 상태는 심각했다.

"쿨럭, 쿨럭!"

입에서 연신 피를 토해냈고, 안색은 병자의 그것처럼 하얗게 질려 있었다.

"대체 왜 이러는 겁니까? 이런…… 이런 병을 지니고 있다는 말은 없었는데!"

아랫입술을 꽉 깨문 카이가 소리쳤다.

그 모습을 쳐다보던 휴가 두꺼운 손을 뻗어 카이의 손을 꽉 쥐었다.

"당황하지…… 말거라. 사냥꾼의 아들이라면…… 그래야…… 한다."

휴는 고통을 참으려는 듯 눈을 꾹 감으며 말을 이어갔다.

"널 도시로 보내지 않은 것은…… 욕심…… 이었다……. 내가 죽어가는 것을 알았기에, 조금이라도 더…… 보고 싶어서……."

"왜 말하지 않은 겁니까? 그걸 진작 말씀하셨으면!"

욱씬.

카이가 돌연 헉하고 숨을 삼켰다. 누군가가 손을 뻗어 자신의 심장을 꽉 움켜쥔 것 같은 느낌이 들었다.

'이게 무슨……'

솔직히 말하자면, 휴의 죽음이 안타깝기는 했지만 이 정도로 큰 슬픔이 느껴지지는 않았다. 하지만 지금 느껴지는 기분은 달랐다. 비통과 분노, 태양신을 향한 간절한 바람이 한데 섞인 감정의 파도가 그를 흔들었다.

'이러면 내가 정말 휴의 아들이라도 된 것 같잖아.'

주인의 뜻을 거스른 눈에서는 눈물이 줄줄 흘러내렸다.

카이가 그 감정의 급류에 휩쓸리기 직전, 알림이 울렸다.

[스페셜 칭호, 몽상가의 효과가 발동됩니다.]
[공감 능력이 대폭 감소합니다.]

마치 멍이든 자리에 시원한 파스를 뿌리기라도 한 듯, 심장 부근이 시원해졌다. 그럼에도 불구하고 감정의 여운을 느낀 카이는 바닥의 흙을 움켜쥐었다.

'힐이라도 쓸 수 있었으면……'

아니, 설령 사용할 수 있더라도 휴를 치료해서는 안 된다.

그를 살리면 로엔의 기억 속에 들어온 의미가 없으니까.

"한 가지만…… 약속……."

꽈악.

카이의 손을 쥐고 있던 휴의 손아귀에 힘이 들어가졌다. 마치 꺼지기 직전의 촛불처럼, 생의 마지막 힘을 쥐어짜는 느낌이었다.

휴가 천천히 눈꺼풀을 들어 올렸다. 그는 언제 아팠냐는 듯, 멀쩡하고 맑은 눈빛으로 카이, 아니, 자신의 아들인 로엔을 올려다봤다.

"조금 더 현명하지 못한 아버지라서…… 미안하다. 일찍이 어머니를 여윈 네가 아버지까지 잃으면 잘못된 선택을 할까 두려워 여태껏 말하지 못했다. 하지만…… 오늘 보니 확실히 알겠구나."

휴는 피가 흐르는 입꼬리를 억지로 끌어올려 미소를 지었다.

"역시 넌 나의 아들이다. 세상에서 가장 강인하고, 용감하지."

"……아버지."

상황에 취해서인지, 아니면 로엔의 마음이 닿아서인지. 카이는 저도 모르게 그의 손을 꽉 잡고, 그 단어를 입에 담았다.

휴는 어느 때보다도 환한 미소를 지으며 기뻐했다.

"아버지라…… 오랜만에 듣는 말이구나. 말해줘서 고맙구나. 그리고…… 병에 대해 숨겨서 정말 미안한 마음뿐이다."

"그런 말씀 마세요. 전……."

"로엔, 도시로 가거라. 그곳에서 모두의 존경을 받는…… 뛰어난 학자가…… 되거라. 사랑…… 한다."

끝까지 아버지다운 모습을 보여준 휴의 손아귀에서 점점 악력이 사라졌다.

카이는 그런 그의 모습을 쳐다보며 소리죽여 울었다.

띠링!

[로엔의 기억, '아버지의 죽음'에 대한 내용이 변경되었습니다.]
[휴의 죽음에 불치병이라는 상황을 추가했습니다.]
[메모리 다이브의 숙련도가 상승합니다.]
[더 이상 로엔은 아버지의 죽음이 자신의 탓이라 돌리지 않을 것입니다.]
[로엔은 아버지의 유언에 따라 공부에 전념할 것입니다.]

짧다면 짧고, 길다면 긴 하루가 끝났다.

"마스터…… 마스터!"

카이는 누군가가 몸을 흔드는 느낌에 눈을 떴다.

시야로 들어오는 것은 로엔의 집 내부와 자신을 걱정스럽게 쳐다보는 블리자드. 그는 여전히 로엔의 이마에 붙어 있는 손을 떼어내고 뒤로 물러섰다.

"마스터, 괜찮으십니까?"

블리자드의 거듭된 질문에 고개를 끄덕인 카이가 물었다.

"……내가 얼마 동안이나 이러고 있었지?"

"꼬박 하루입니다."

"그렇구나."

카이는 크게 놀라지 않았다.

'로엔의 기억 세계에서 보낸 시간도 하루 정도 되니까.'

어찌 보면 당연한 일.

"끄응."

비틀거리며 일어나려는 카이를 블리자드가 황급히 부축했다. 그의 도움으로 가까스로 의자에 앉은 카이는 멍한 표정으로 로엔을 쳐다봤다.

그는 울고 있었다.

'그리고 나는……'

카이는 저도 모르게 자신의 눈가를 훑어봤다.

"……"

눈물 자국이 느껴지지 않는다.

"혹시 지난 하루 동안 내가 울었던 적이 있던가?"

"아뇨. 몇 분 전부터 로엔은 계속해서 울었지만…… 마스터 께서는 멀쩡하셨습니다."

"……그렇단 말이지."

욱씬.

그럼에도 불구하고 여전히 심장 부근은 쓰라렸다. 그래서 더욱 혼란스러웠다.

'내가 느끼는 이 감정은…… 로엔의 기억에 너무 동화되었기 때문일까.'

아니면 마치 멜로 영화라도 본 것처럼, 슬픈 일을 목도했기 때문일까.

그 사실을 알 수 없던 카이는 천천히 로엔에게 다가갔다.

"로엔님."

그의 어깨를 살짝 흔들자, 굵고 뜨거운 눈물을 주르륵 흘리던 로엔이 천천히 눈을 떴다.

카이가 무슨 말부터 건네야 할지 고민하고 있을 때, 돌연 로엔이 고개를 숙였다.

"이런, 갑자기 왜 이렇게 눈물이 흐르는지……."

눈가를 슥슥 닦으며 활기차게 일어난 로엔은 개운한 표정으로 말했다.

"제가 미쳤었나 봐요. 할 짓이 없어 약에 손을 대다니…… 돌아가신 아버지가 보셨다면 절 크게 꾸짖으셨을 겁니다."

"……아버지는 어떻게 돌아가셨나요?"

"병마였습니다. 카이 님을 세 달만 더 일찍 만났으면 좋았을 텐데 말이죠."

"죄송합니다."

카이가 저도 모르게 고개를 숙였다.

그러자 로엔은 깜짝 놀라 마주 그를 일으켜 세웠다.

"아, 아닙니다! 그건 카이 님의 잘못이 아니지요. 이러지 마세요."

이어서 로엔은 카이에게 연신 고개를 숙였다.

"오히려 우매한 저를 일깨워 주셔서 감사합니다. 이게 모두 카이 님 덕분입니다."

"하지만 저는……."

아랫입술을 살짝 깨문 카이는 열심히 고개를 숙이는 로엔을 바라보다가 천천히 눈을 감았다.

'본인의 기억이 바뀌었다는 것을 전혀 모르고 있어.'

다행이라고 해야 할지, 불행하다고 해야 할지.

말을 잇지 못하는 카이에게 로엔이 말했다.

"아버지가 유언을 남기시길, 도시에서 열심히 공부하여 훌륭한 학자가 되라고 하셨습니다."

"좋은 학자가 되실 수 있으실 겁니다. 혹시 어디로 갈지 결정은 하셨나요?"

"음…… 아직은 못 정했습니다."

"그렇다면 저의 영지로 오시겠습니까?"

미안함 때문이었다. 아무리 치료의 목적이었어도, 자신은 그의 소중한 기억을 멋대로 수정하고, 더럽혔으니까. 심지어 로엔은 그 사실조차 모른 채, 분에 겨워 어쩔 줄 모르겠다는 표정으로 연신 감사를 표한다.

그 모습을 쳐다보는 카이는 큰 죄를 짓는 것 같아 로엔과 눈을 마주치지 못했다.

"이, 이제 보니 귀족이셨군요? 몰라 뵈서 죄송합니다."

"아닙니다. 이마에 귀족이라고 써놓은 것도 아닌데 모르는 것이 당연하지요."

카이는 조그마한 골드 주머니를 꺼내 로엔에게 건넸다.

"현재 저의 영지인 아르칸은 아카데미 도시로 건설되는 중입니다."

"아카데미…… 도시요?"

생소한 단어에 로엔이 고개를 갸웃거렸다.

"저는 도시 전체를 하나의 거대한 아카데미로 만들 생각입니다. 대륙 최고 수준의 강사진은 물론, 학생들을 위한 편의 시설과 물론 오락 시설까지 갖춘 장소이지요."

"마, 말만 들어도 꿈만 같습니다. 그런 곳에서 공부를 할 수 있다면……."

로엔의 눈동자에서 기쁨이 뚝뚝 떨어졌다.

"아카데미 측에는 따로 말해놓겠습니다. 언제 완공될지는 모르겠으나, 긴 시간이 걸리지는 않을 거예요. 그 돈은 아카데미가 완성되기 전까지 생활비로 쓰실 정도는 될 겁니다."

"이렇게 계속 받기만 하면······."

감동의 파도에 허우적거리며 똥 마려운 강아지처럼 발을 동동 구르던 로엔.

그는 무언가 결심한 듯, 나름 비장한 표정으로 말했다.

"정말 감사합니다. 카이 님의 은혜를 절대로 잊지 않겠습니다. 반드시 훌륭한 학자가 되어, 카이 님에게 은혜를 갚을 수 있는 사람이 될 수 있도록 게으름 피우지 않고 열심히 공부하겠습니다. 혹시라도 제가 필요한 일이 생기면 언제든지 불러주세요."

[로엔과의 호감도가 대폭 상승합니다.]

[로엔은 당신을 은인으로 생각하고 있습니다. 그는 평생에 걸쳐 이 은혜를 갚아나갈 것입니다.]

"······."

평소라면 기뻐했을 메시지조차, 현재 카이의 마음속에 놓여진 돌을 치우지는 못했다.

"그럼 저는 이만 가보겠습니다."

"앗, 곧 날이 저물 겁니다. 누추하지만 하룻밤 지내시고 가시는 게 어떠실지······."

"아닙니다. 급하게 처리해야 할 일이 생각나서요."

"아아, 바쁘시다면 어쩔 수 없지요."

로엔이 크게 아쉬운 표정으로 두 사람을 배웅했다.

손을 흔드는 로엔이 멀어지자 블리자드가 말을 걸었다.

"마스터, 괜찮으십니까? 표정이 안 좋아 보이십니다."

"……그래?"

카이는 그대로 길을 걸어 호숫가로 향했다. 로엔의 기억 속
에서 자신이 정신을 차리기 위해 세수를 했던 호숫가였다.

그곳에서 자신의 표정을 보려고 했지만, 밤의 호숫가에 비치
는 것은 어둠뿐이었다.

"블리자드. 나 잠깐 어디 좀 다녀와야 할 것 같은데."

"다녀오십시오."

두말 않고 카이를 배웅하는 블리자드.

그를 남겨둔 카이는 곧장 천상의 정원으로 향했다.

"카이여."

자리에 앉아 있던 헬릭은 마치 그를 기다리고 있었던 듯, 서
글픈 표정을 짓고 있었다.

"헬릭 님."

그녀의 앞으로 다가간 카이는 쓰러지듯 의자에 앉으며 탁자
에 머리를 박았다.

"……잘 모르겠어요. 제가 한 일이 정말 그에게 도움이 되는 일

일지, 아니면 저의 자기만족일 뿐인지…… 전 위선자인 걸까요."

쓰담쓰담.

헬릭은 말없이 손을 뻗어 카이의 머리를 쓰다듬었다.

자신의 머리카락이 그녀의 고사리 같은 손가락 사이사이를 스쳐 지나가는 것이 느껴졌다.

"카이여. 인간의 세상에는 악법도 법이라는 말이 있다고 들었다."

"……."

카이는 입을 꾹 다문 채 그녀의 가르침에 귀를 기울였다.

"마찬가지로 위선 또한 선이니라, 물론 그 위선이 자신의 목적을 위한 수단으로 사용될 때는 이야기가 다르겠지만…… 그대가 로엔을 치료한 것은 무언가 목적을 달성하기 위함이었느냐?"

카이가 고개를 흔들었다.

그러자 헬릭이 아이처럼 낮게 웃었다.

"그것 보아라. 그대는 위선자가 아니다. 로엔을 위해 친절을 베풀었음에도 그 결과를 스스로 납득하지 못해 아파하고 있을 뿐이지. 그거면 된 것이니라. 자신의 행동을 끊임없이 반성하고, 앞으로 나아가거라. 스스로를 담금질하여 내일은 오늘보다 더 나은 자신이 될 수 있도록 하여라."

"헤, 헬릭 님……."

마냥 아이처럼 생각하던 헬릭이 이토록 가슴에 와닿는 충고를 해줄 줄이야.

카이는 살짝 감동한 눈빛으로 헬릭을 쳐다보았다.

"흐, 흐으응."

그녀는 카이의 존경 어린 눈빛에 으쓱해졌는지, 턱을 척 세웠다.

"그대가 자꾸 망각하는 것 같아 다시 말하지만, 나는 어린아이가 아니라 태양신 헬릭이니라. 신도도 내가 제일 많으니라."

"오늘만큼은 인정입니다."

"그렇지. 오늘만큼은…… 뭐, 뭐라고 했느냐!"

두 볼을 공기로 빵빵하게 불린 헬릭이 불만스러운 표정으로 카이를 쳐다봤다.

카이는 반사적으로 두 손을 뻗어 그녀의 볼을 눌렀다.

"푸우우우우……."

그러자 헬릭의 볼에서 바람이 빠지며 재미있는 소리가 났다. 카이는 그 상태에서 헬릭의 찹쌀떡처럼 보드라운 볼을 쭉쭉 늘리며 놀았다.

"흐어어어……."

"역시 헬릭 님에게 상담하기를 잘했다는 생각이 듭니다."

"흐우우우……."

"제가 행한 친절을 위선이라고 하지 않아주셔서 감사합니다."

카이가 손을 떼자, 헬릭은 자신의 얼얼한 두 볼을 감싸 쥐며 카이를 노려봤다.

"히잉…… 자꾸 늘리지 말거라. 볼 늘어난단 말이다."

"신의 피부가 그 정도로 늘어날 리가 없잖아요. 심지어 헬릭 님은 태양신이잖아요?"

"그, 그렇지. 나는 태양신이니라."

저도 모르게 고개를 끄덕인 헬릭은 헛기침을 내뱉더니 말을 이었다.

"아무튼, 내가 메모리 다이브에 대해 누차 경고를 했던 이유 중 하나가 이것 때문이었느니라. 애초에 그 기술은 마족들의 것. 아무리 그대가 좋은 마음을 품고 사용한다고 하더라도, 마 족들이 만들어낸 추악한 성질을 거스를 수는 없을 것이니라. 결과적으로…… 그대가 상처받고, 그대가 아파하게 되겠지."

헬릭의 걱정스러운 눈빛을 마주한 카이가 방긋 웃었다.

"이렇게 절 걱정해 주시는 태양신님이 있는데, 제가 그렇게 아파하겠어요?"

"……그대도 참."

흐유우.

옅은 한숨을 내쉰 헬릭은 고개를 절레절레 흔들었다.

"타인의 기억을 공유하고, 그 감정을 아무런 방어 체계 없이 받아들인다는 것은…… 상상 이상으로 위험한 일이니라. 마 족들이야 애초에 감정을 느끼지 못하는 심장을 지니고 있으니 상관이 없다지만……"

"저도 괜찮습니다."

카이가 단언했다.

"결과적으로 로엔은 이전보다 더 나은, 더 생산적인 삶을 살아갈 수 있게 되었습니다. 그를 매일매일 찾아오던 악몽도, 후회도 더는 그를 방문하지 못하겠지요. 그거면 됐습니다."

"……정말 괜찮은 것이냐?"

"예. 저도 마냥 착한 놈은 아니라서, 제가 힘들다고 느껴지면 그때 그만두겠습니다."

카이의 미소를 쳐다보던 헬릭도 피식 웃음을 터뜨렸다.

"정말이지…… 그대는 참 이상한 사람이구나."

"멀쩡한 사람이었으면 헬릭 님한테 사탕이나 초콜렛을 주는 해괴한 짓도 안 했을 걸요?"

"……계속 이상한 사람이었으면 좋겠구나."

헬릭이 고개를 슬쩍 돌리며 중얼거렸다.

이후 며칠 동안 정우는 느긋하게 지내며 여유로운 생활을 즐겼다.

"생각해 보면 그동안 좀 많이 바빴지."

쉴 틈도 없이 달려온 그였기에, 스스로에게 짤막한 휴가 정도는 내주어도 된다는 생각이 들었다.

때문에 그는 토요일을 맞아 선물을 바리바리 싸 든 채, 성북동 본가로 찾아갔다.

"……이게 다 뭐니?"

아버지가 좋아하는 최고급 와인부터 시작해서 어머니와 누나를 위한 옷과 가방까지. 예고도 없는 선물을 받게 된 가족들은 떨떠름한 표정을 지으면서도 그를 반겼다.

"그냥요. 가족들 얼굴 본 지도 오래된 것 같고."

"알긴 잘 아는구나."

"크흠. 이렇게 찾아오지 않아도, 네 소식은 간간히 잘 듣고 있다."

아버지가 근엄한 목소리로 말하자, 어머니가 대번에 핀잔을 줬다.

"간간이는 무슨. 네 아빠는 매일 퇴근하면 컴퓨터에서 커뮤니티? 거기서 너에 대한 소식을 계속 찾아보고 있단다."

"여, 여보…… 그건……."

"며칠 전에는 악플 하나를 보더니, 기업 법무팀을 동원해서 그 녀석을 고소하려고 했다니까?"

"크, 크흐흠!"

얼굴이 홍당무처럼 새빨갛게 달아오른 아버지가 반격을 시작했다.

"거 나만 이상한 사람 만드는구려. 정우야. 네 엄마에게 새로운 취미가 생긴 것 알고 있었냐?"

"취미라뇨?"

"여보!"

어머니가 깜짝 놀라 소리쳤지만, 아버지는 개의치 않고 말을 이었다.

"인터넷에 나온 네 기사들, 다 프린트하고, 오려서 스크랩북을 만드는데……."

"정말 이렇게 나올 거예요?"

"크흠. 당신이 먼저 시작한 일 아니오."

갑자기 어색해진 분위기를 환기시킨 것은 누나, 한지혜였다.

"어휴. 두 분 다 주책이에요, 그거."

자신이 선물로 가져온 원피스로 갈아입고 나온 그녀는 정우의 귓가에 속삭였다.

"정우 네가 이해해. 요즘 두 분 사업이 잘 안 풀려서, 시간이 많이 남거든."

"사업이 왜?"

"왜긴. 미드 온라인 때문이지."

이쑤시개로 참외 하나를 집어 입에 쏙 집어넣은 지혜가 말을 이었다.

'미드 온라인 때문이라…… 그럴 만도 해.'

정우가 고개를 끄덕였다.

그의 부모님은 각각 사업체를 이끌고 계셨는데, 공교롭게도 두 분 다 의류업에 종사하고 있었다. 어머니는 골프 웨어와 등산복을, 아버지는 정장과 구두 등을 제작하는 회사를 운영 중이셨다.

"요즘 누가 현실에서 골프 치러 다니고, 등산을 다니겠어? 아버지가 만드는 양복도 고급 브랜드인데, 요즘 돈 있는 사람들은 죄다 미드 온라인에서 돈 쓰고 다니지 현실에서 잘 안 놀잖아."

"끄응……."

"후우……."

부모님의 입에서 한숨 소리가 새어 나오자, 정우가 두 눈을 깜빡이며 물었다.

"그럼 두 분도 미드 온라인에서 장사하시면 되는 거 아니에요?"

"미드 온라인이라면…… 네가 하는 게임 아니냐."

"거기서 옷을 판매하라고?"

이번에는 정우의 부모님이 두 눈을 깜빡이며 되물으셨다.

사실 그들의 입장에서는 걱정부터 되는 것이 사실이었다.

미드 온라인이 세계적인 공전의 히트를 기록하자, 수많은 업종이 게임으로 진출했다.

그중에는 이미 명품 브랜드의 의류 매장들도 즐비했다.

하지만 개중 대외적으로 좋은 성적을 거둔 곳은 아직 없었다. 게다가 부모님은 가상현실게임을 한 번도 접해보지 않으셨으니, 미드 온라인이란 완전한 별세계의 시장.

즉 그들에게는 미지의 세계였던 것이다.

오히려 그 부분에서는 보다 젊은 감각을 지니고 있는 한지혜가 더 도움이 되었다.

"오. 그거 괜찮은 생각인 것 같은데? 안 그래도 요즘 우리 회사에서도 그런 이야기가 들리거든. 미드 온라인 진출 프로젝트 팀 개설하겠다고."

그녀는 현재 부모님의 회사가 아닌, 전혀 상관이 없는 곳에서 일반직으로 근무 중이었다.

"흠. 확실히 10억 명이 넘는 인구가 돌아다니는 시장은 매력적이긴 하지만……"

"세계적인 명품 의류 브랜드도 난항을 겪는 중인데, 과연 우리가 잘 할 수 있겠니?"

부모님이 현실적인 고민거리를 던졌다.

"우선, 의류 업계는 아주 큰 착각을 하고 있습니다."

이에 정우는 씨익 웃으며 그들의 생각을 정정하기 시작했다.

그는 세계에서 미드 온라인을 누구보다 많이 플레이하는 사람 중 하나. 때문에 보기 싫어도 보이는 것이 있을 수밖에 없었다.

"아버지가 말씀하신 10억 명의 유저. 그들을 타깃으로 잡고 있으니 장사가 안 되는 거예요."

"……그게 무슨 뜻이냐?"

사업에 대한 이야기가 나오자 아버지의 눈빛부터 바뀌었다.

정우는 이에 주눅 들지 않고 자신의 주장을 이어갔다.

"사람들이 명품 브랜드의 옷을 사 입는 이유가 뭐라고 생각하십니까?"

"솔직히 말하자면 감정적 지출이지. 자존감을 높이기 위한 수단이며, 부의 상징이다."

아버지의 입에서 거침없는 문장이 흘러나왔다.

정답이었다.

"맞습니다. 명품 브랜드의 옷은 가격이 비싸기에 걸치고 있는 것만으로도 부의 상징이 되지요. 하지만 과연 게임에서는? 과연 그곳에서도 명품 브랜드 옷이 부의 상징일까요?"

"······?"

이해를 못 하는 부모님과는 달리, 참외를 꼭꼭 씹어 먹던 누나가 눈을 크게 떴다.

"아, 그렇구나! 게임에서는 분명 더 비싼 가격의 방어구들이 있지?"

"정답이야. 물론 디자인도 중요하지만, 유저들이 그보다 더 신경 쓰는 건 다름 아닌 능력치야. 아무리 외형이 예뻐도 능력치가 볼품없으면 예쁜 쓰레기 취급을 받을 뿐이거든."

"음······ 그럼 결국 미드 온라인 진출은 가망이 없다는 뜻 아니냐."

아버지의 걱정에 정우가 고개를 저었다.

"아니죠. 구매 타깃을 바꾸면 모든 것이 해결됩니다."

"아! NPC!"

이번에도 정우의 생각을 한 발 먼저 읽어 들인 누나가 소리쳤다.

"맞아. NPC. 그들 중에서도 신분이 높은 이들은 의복을 고를 때 능력치에 연연할 필요가 없지. 능력치 좋은 방어구는 휘하의 기사들이 대신해서 입어주니까 말이야."

"그들이 공략의 대상이다?"

"맞습니다. 하지만 많은 의류 업계들이 그 본질을 파악하지 못하고 있어요. NPC를 프로그램이 아닌 새로운 시장의 주민으로 생각해야 접근하는 편이 이로울 겁니다."

"흐음……."

잠시 고민을 하던 아버지가 재차 질문했다.

"하지만 그 고위 NPC라는 존재와 협상 테이블에 앉는 것도 쉬운 일은 아닐 텐데?"

"그렇다고 우리가 하루 종일 게임만 붙잡고 있을 수는 없는 노릇이고."

부모님의 쓸데없는 걱정에 정우는 입꼬리를 올리며 웃음을 흘렸다.

"두 분. 아들이 대체 누구라고 생각하시는 겁니까."

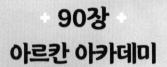

90장
아르칸 아카데미

　게임에 접속한 카이가 향한 곳은 한창 공사중인 자신의 영지, 아르칸이었다.

　"오."

　간만에 도착한 아르칸 영지는 아카데미 도시로서의 외관을 대부분 갖춘 상태였다.

　'거의 완공된 것 같은데?'

　카이가 성벽을 넘어서자, 작업 중이던 드워프들이 그에게 손을 흔들었다.

　"으하하하! 우리 영주님 아니신가!"

　"얼굴 한번 보기 힘들구만!"

　그들에게 마주 손을 흔들어주는 카이에게 작업을 감독하는 드워프가 다가왔다.

"껄껄. 어떻게, 마음에는 좀 드는지 모르겠군."

"……두말할 것도 없이 최고입니다."

도시를 둘러보는 카이의 눈빛은 초롱초롱한 상태였다.

"잠시 둘러봐야겠습니다. 미믹 소환."

결국 그는 미믹을 와이번 형태로 바꾼 뒤, 녀석을 타고 하늘을 날며 도시를 내려다보았다.

"역시 멋있어."

거의 모든 건물들은 백색 대리석을 베이스로 두고, 순금을 이용해 장식했다.

백색과 황금의 조화가 뿜어내는 고급스러움의 극치!

"음. 저 부분이 운동장인가? 넓네."

카이가 바라는 아카데미는 단순히 책만 보고 시험공부만 하는 장소가 아니었다.

'한창 뛰어놀 나이에는 열심히 놀 줄도 알아야지.'

검술을 배우는 검술 연무장은 물론, 체육 수업이 진행될 드넓은 잔디 운동장까지!

그뿐인가.

시드니의 오페라 하우스를 연상시키는 초호화 음악실까지!

"하, 진짜 이런 곳에서 공부할 수 있는 녀석들은 복 받은 거야."

자신의 도시를 구경하는 카이의 입꼬리는 좀처럼 내려올 줄을 몰랐다.

"아주 만족스러워."

그렇게 한참을 날아다니던 카이는 30분이 더 지나서야 영주의 저택 앞으로 내려섰다.

그를 맞이한 것은 집사, 프레스콧이었다.

"오셨습니까, 영주님."

"프레스콧도 오랜만이네요."

"이제 말씀을 편하게 하실 때가 되지 않았습니까?"

"뭐…… 그건 차차 편해지겠죠."

카이는 씩 미소를 지으며 저택 내부로 들어갔다.

"완공 날짜는 언제랍니까?"

"마무리 작업만 남았습니다. 속도를 높이면 일주일 내로 끝낼 수도 있습니다."

"역시 드워프. 짓는 건물뿐만 아니라, 건설 속도도 예술이네요."

"괜히 신의 손을 빌린 자들이라 불리는 것이 아니겠지요."

"그럼 이제 슬슬 구해도 될 것 같네요."

"무엇을 말입니까?"

"교사들과 학생이죠. 아참, 기숙사도 문제없이 준비됐죠?"

"물론입니다. 배움의 장소를 두고 이런 식으로 평가하는 것은 조금 그렇지만, 아르칸은 달마다 막대한 금화를 거둬들이게 될 것입니다."

"뭐, 돈 번다는데 싫어하는 사람은 없죠. 기분 좋네요."

카이는 자신이 처리해야 할 사항들을 체크하기 시작했다.

'학생들을 가르칠 선생님들을 고용하고…… 학생들을 받고……'

씨익.

카이의 입꼬리가 저도 모르게 위로 올라갔다.

'아카데미하면 빠질 수 없는 것이 하나 있지.'

대한민국의 모든 중학교, 고등학교가 그렇듯 아카데미에도 꼭 필요한 것이 하나 있었다.

바로 교복이다.

'사복을 입고 오라고 하면, 매일매일 사교 파티가 열릴 거야.'

남자들은 물론, 여자들도 각양각색의 화려한 드레스를 뽐낼 것이다.

그러한 상황에서 주눅 드는 것은 상대적으로 재력이 부족한 학생들일 터.

'교복을 만든다고 그런 상황이 사라지지는 않겠지만, 줄어들기는 하겠지.'

게다가 그들이 체육 시간에 입을 체육복도 필요했다.

카이는 그 의복들의 제작을 모두 부모님에게 맡길 생각이었다.

'나는 학생들의 교복과 체육복을 무료로 얻어서 좋고, 부모님은 미드 온라인에서 장사할 수 있는 주춧돌을 마련하게 되는 거지.'

아르칸 아카데미에는 각국 최고의 인재들을 초청할 생각이었다. 당연히 각국의 최고 귀족들이 주를 이룰 텐데, 만약 의복이 그들에게 좋은 평가를 받는다면?

'그때부터는 장사를 걱정할 필요가 없을 거야.'

행복한 미래를 그리며 마시던 차를 입안에 털어 넣긴 카이는 자리에서 일어났다.

"벌써 떠나실 생각이십니까?"

"할 일이 많습니다. 당분간 또 바빠지겠어요."

아카데미를 오픈하는 것은 생각보다 훨씬 많은 부분을 신경써야 했다.

"이제 어디로 가실 생각이십니까."

"음…… 일단 교사들부터 구하고, 교복 문제도 해결해 올게요."

웃는 낯의 카이가 그 자리에서 홀연히 사라졌다.

"……정말 신출귀몰하신 영주님이군요."

어깨를 으쓱거린 프레스콧은 카이가 남긴 찻잔을 치우기 시작했다.

카이가 교사진을 구하기 위해 방문한 곳은, 다름아닌 정보 길드였다. 어느 정도 규모를 갖춘 도시에는 꼭 존재하는 기관으로, 정보를 취급하는 장소였다.

'돈이 있다면 시간과 정보를 살 수 있는 곳이지.'

다만 돈이 아주 많아야 한다.

그런 점에서 볼 때, 카이는 그들에게 VVIP로 분류되는 고객이었다.

그는 돈이 아주아주 많았으니까.

"모실 수 있게 되어 영광입니다."

길드의 건물로 다가가자, 미리 나와 있던 길드 지부장이 머리를 숙이며 그를 맞이했다.

"……제가 이곳으로 올 거라는 건 어떻게 알았습니까?"

"몰랐습니다."

지부장이 당당한 말투로 말했다.

"하지만 혹시라도 방문하실 수도 있기 때문에, 미리 나와서 기다리고 있었습니다."

짝짝짝.

카이는 지부장의 놀라운 서비스 정신에 저도 모르게 박수를 쳤다.

"대단해요. 살짝 감동받았습니다."

"영광입니다."

카이는 그들이 자신을 이렇게 극진히 모시는 이유가 돈 때문이라는 것을 알았다. 그래서 호의를 거절하지 않았다.

지부장을 따라 길드의 최상층으로 올라간 그는 고급 차를 마시며 이야기를 나누었다.

"오늘 저희 길드를 방문해 주신 목적을 여쭤도 되겠습니까."

정보를 판매할 것인지, 구매할 것인지를 묻는 것이다.

"정보를 좀 사고 싶습니다."

"최고의 정보들로 구성해 드리겠습니다."

"이번에 제가 새로운 아카데미를 짓고 있는 거 아시죠?"

"아르칸 영지 말씀이시군요."

역시 모르는 곳이 없는 곳이다.

"그곳에서 학생들을 가르칠 교사들을 고용하고 싶습니다."

"어느 정도 수준의 교사들을 원하십니까?"

"교사들의 이름만 들어도 등록하고 싶은 아카데미를 만들고 싶습니다."

"최고를 원하시는군요. 잘 알겠습니다."

잠시 무언가를 고민하던 지부장은 수화기처럼 보이는 물건을 들어 올리며 말했다.

"TC-32번 항목의 문서들을 올려 보내도록."

-예.

잠시 후 한 쪽 벽에 위치한 소형 이동 장치를 통해 양피지가 가득 담긴 박스가 나타났다.

"찾고 계신 교사들이 담당할 과목을 말씀해 주십시오."

"종교 관련 학문을 제외한 모든 과목."

"감사합니다."

지부장은 양피지를 빠른 속도로 훑으며 최고의 교사진들을 꾸려냈다.

"이미 학계에서 은퇴한 이들도 있고, 현재 왕성히 활동 중인 이들도 있습니다."

"흐음……."

그가 건넨 문서들을 확인하던 카이가 천천히 고개를 끄덕였다. 개중에는 은퇴한 현자들도 있었으며, 학계에서 천재라고 소문난 위인들도 있었다.

"괜찮네요. 고용하는 데 돈은 제법 많이 들겠지만요."

"누구를 선택하더라도 후회는 없으실 겁니다."

"예? 선택이라뇨?"

카이가 눈을 동그랗게 뜨며 묻자, 지부장이 고개를 갸웃거리며 물었다.

"과목 하나당 교사를 한 명만 구하면 되는 것 아닙니까?"

"그러다가 교사가 감기라도 걸리면 어떻게 합니까. 게다가 학생 수가 몇 명이 될지도 모르는데 어떻게 과목 하나당 교사를 한 명만 고용하겠어요."

"그렇다면……."

"이 문서에 이름을 올린 교사들, 전부 고용해야지요."

길드 지부장이 입을 쩍 벌리며 경악했다.

"마, 말도 안 됩니다. 말씀대로라면 교사들의 고용비로만 5

만 골드에 가까운 돈이 깨질 겁니다."

"5만 골드요?"

카이가 빙그레 미소를 지었다.

"생각보다 싸게 먹히네요."

카이는 돈으로 이 세상의 모든 것을 살 수 없다는 말에 동의했다. 하지만 동시에 생각했다.

"전부는 못 사지만, 대부분은 살 수 있지."

돈의 힘은 위대했다. 미드 온라인에서 날고 긴다 하는 교수, 학자, 현자, 기사 등 다방면의 인물들이 모였으니까.

물론 그들은 대륙의 학계에 이름을 진동시키는 사람들.

당연히 높은 이름값만큼이나 자존심도 강했다.

"아카데미라. 이미 숱한 제안을 받아봤지만 글쎄요……."

"고작해야 학생들을 가르치는 기관에 묶이기에는 조금……."

"크흠. 지식이란 돈으로 살 수 없는 것이거늘."

처음에는 부정적인 기색을 내비치던 이들이었지만, 아르칸 영지를 방문하자 태도를 바꿨다.

"여, 영지 전체가 아카데미 시설로 사용된다고?"

"오오오! 이, 이 건물이 음악실이라고요? 예술의 전당과 비교해도 꿀리지 않는군요!"

"맙소사…… 제국 황실의 연무장과 비교해도 손색이 없다니……."

그들은 아르칸 영지가 자랑하는 드워프들의 건물이 지닌 아름다움에 빠져들었다.

'지금까지 제안을 해왔던 어떤 아카데미와도 다르다.'

'죽기 전에 후학을 양성하는 훌륭한 일 정도는 해야 되지 않을까?'

아르칸 아카데미에 매료된 그들을 계약서에 도장 찍게 만드는 것은 그리 어렵지 않았다.

"흠. 돈이 좀 깨졌네."

돈은 정보 길드에서 파악한 것보다 비싼 12만 6천 골드가 깨졌다. 한화로 126억이나 하는 거액.

하지만 카이는 자신이 있었다.

'굳이 돈에 연연할 필요는 없지만, 투자한 이상 무조건 성공시켜야지.'

훨씬 많은 돈을 벌어들일 자신이.

'아르칸 아카데미는 1, 2년 운영할 생각으로 만든 곳이 아니야.'

미드 온라인이라는 게임이 망하지 않는 이상, 대대손손 아들의 아들에게까지 물려줄 생각이었다.

게다가 카이가 아르칸 아카데미를 만든 가장 큰 이유는 따로 있었다.

'이곳을 통해 나는 어떤 유저보다도 많고 다양한 인맥을 쌓을 수 있지.'

물론 그 바람이 실현되려면 학생들을 잘 유치해야 할 터.

'이미 대륙의 황족과 왕족들은 대부분 아카데미에 다니고 있어.'

결국 그들을 데려오려면, 그들을 안달하게 만들 조건을 내걸어야 한다. 다른 유저들이라면 죽었다 깨어나도 불가능한 일. 하지만 자신이라면 가능했다.

'나에게는 태양교라는 패가 있으니까.'

대륙에서 가장 커다란 성세를 자랑하는 태양교의 행보는 한 걸음, 한 걸음이 묵직하다. 심지어 카이는 그런 곳의 유일신에게 격한 사랑을 받는 존재.

"신출귀몰."

태양교 본단으로 이동한 카이는 곧장 알버트 교황과 독대했다.

"오랜만에 뵙습니다."

"예, 교황님도 잘 지내셨나요?"

알버트 교황은 카이를 반갑게 맞이했다. 성혈단의 활약으로 태양교의 명예가 나날이 높아지니 이전보다 더욱 반겨주는 느낌이었다.

"그런데 오늘은 무슨 일로……."

"제가 성혈단 문제로 한 번 방문했을 때 교황님이 그러시지 않았습니까. 요즘 심심하시다고."

"아아, 그랬지요. 본단의 개편이 성공적으로 끝난 뒤로 제가 할 일은 딱히 없는 것 같습니다. 허허. 덕분에 차를 마시고, 기도를 하며 정원을 산책하는 것이 일과의 전부입니다."

"적적하시겠군요."

"이렇게 가끔씩 카이님이 방문해 주셔서 다행입니다."

차를 마시며 알버트와 담소를 나누던 카이가 용건을 꺼내 들었다.

"사실 오늘 이렇게 교황님을 찾아뵌 건 부탁드릴 일이 있어서입니다."

"오오, 사도께서 부탁을 하시다니. 제힘이 닿는 일이라면 무엇이든 도와드리겠습니다."

"제 영지에 태양교의 신전을 하나 지은 것 아시지요?"

"아, 물론입니다. 저번에 그 문제로 방문하셨었지요. 잘 지어지는 중인가요?"

"사실 이미 완공되었습니다. 드워프들이 작업을 해서 그런지 건설 속도가 빠르더군요."

"그사이에……!"

알버트 교황이 깜짝 놀란 표정을 지었다.

"솔직히 너무 빨리 지어져서 놀라울 정도입니다. 그래서 부탁하실 일이라는 게 뭔가요."

"아아, 그게 말입니다."

카이의 입가로 미소가 물감처럼 번져갔다.

오곤 제국의 황궁은 온갖 신비로운 주문으로 채워진 마법(魔法)의 본산이었다. 그 옥좌의 주인에게 손님이 방문했다.

"오곤 제국의 주인이신 루미테르 황제님을 뵙습니다."

"……태양교의 주교가 여긴 어쩐 일이오."

사실 오곤 제국과 태양교의 사이는 그렇게 친밀하지는 못했다. 마도를 추구하는 마법사들은 논리를 벗어난 힘을 사용하는 교단을 꺼려했으니까.

하지만 현재 대륙의 정세를 볼 때, 태양교를 멀리하는 것은 어리석은 행동. 당연히 오곤 황제도 태양교와 어느 정도는 교류를 하는 편이었다.

"황제께 전해 드릴 기쁜 소식이 있어 찾아왔습니다."

"기쁜 소식이라……? 교단에서 말인가?"

루미테르 황제가 궁금증을 드러내자, 주교는 미리 준비해 온 수정구를 그에게 내밀었다.

"잠시 확인을 하겠습니다."

수정구는 황실 마법사들이 꼼꼼하게 살핀 뒤에야 황제의 손으로 건너갔다.

"크흠. 이게 뭔가?"

"제가 전해 드릴 기쁜 소식이 담겨 있으니 한 번 보시지요."

주교의 공손한 목소리에 황제는 수정구에 저장된 영상을 재생시켰다.

"음……?"

영상은 입체적인 홀로그램으로 떠오르며 한 장소를 보여주었다. 그 장소는 보는 것만으로도 감탄이 절로 나오는 아름다운 모습을 담고 있었다.

백색과 금색이 절묘하게 어우러져서 고급스러움이 물씬 풍기는 도시. 성의 상공에서 촬영되던 영상은 이제 건물들 내부를 소개하기 시작했다.

"흠. 흐음……."

자신이 기거하는 황궁과 비교해도 돋보이는 예술성에 황제가 고개를 끄덕였다.

'이곳은 대체 어디지?'

황제가 머리를 굴려봤지만, 이 장소가 어디인지는 짐작이 가질 않았다.

"깔끔하군. 고급스럽고."

건물들의 내부에는 복도마다 고급스러운 융단이 깔려 있었고, 벽에는 유명한 예술 작품들이 걸려 있었다.

'미술관이란 말인가?'

하지만 제국의 연무장과 비등한 연무장. 음악인이라면 누구나 가고 싶어 할 거대한 음악회관. 고풍스러운 분위기가 감도는 거대한 식당들은 도저히 미술관과 매치가 되질 않았다.

"……."

영상이 끝나자 루미테르 황제는 주교에게 시선을 던졌다.

"이곳이 대체 어디란 말인가."

마치 구매를 할 수 있다면, 당장에라도 구매를 하고 싶어하는 눈치였다.

그 모습에 미소를 지어 보인 주교가 입을 열었다.

"이번에 새롭게 설립되는 아카데미 도시의 모습이옵니다."

"아카데미…… 도시?"

"예. 라시온 왕국의 카이 남작이 보유한 영지로, 보신 것처럼 하나의 영지를 통째로 교육을 위해서만 설계했습니다."

"으음……!"

저 아름다운 장소가 아카데미였을 줄이야.

주교는 살짝 충격을 받은 루미테르 황제에게 연타를 먹였다.

"도시의 모든 건물은 드워프가 설계했으며, 마법 연구실과 음악실 같은 경우는 마법의 대가인 인어와 드워프의 합작으로 탄생하였습니다."

"허어. 아카데미라고만 부르기엔 너무 엄청난 수준이군."

짧게 혀를 찬 루미테르 황제가 말을 이었다.

"나에게 이 장소를 보여주는 것은 황자를 이곳의 학생으로 받고 싶어서겠지?"

"정확한 말씀이십니다."

"하지만 본국 수도에 위치한 권위 높은 아카데미에 잘 다니고 있는 녀석을 굳이 저곳으로 보낼 필요성이 느껴지지는 않는군."

"그것이라면 이것을 봐주시겠습니까."

주교가 건넨 팜플렛을 이리저리 돌려보던 황제가 물었다.

"이게 뭔가?"

"뒷장에는 아르칸 아카데미의 교사진을 맡은 인물들의 정보가 기록되어 있습니다."

"흐음."

아무런 기대 없이 페이지를 넘긴 루미테르 황제의 눈썹이 꿈틀거렸다.

'은의 현자 레우스, 마나 가속 법칙을 발견한 오란 박사에 이어서…… 천상의 목소리라 불리는 음유시인 제로스? 아니, 심지어 은퇴한 늙은이마저 있지 않은가.'

참고로 은퇴한 늙은이란, 오곤 제국에서 재상의 위(位)를 지냈던 자신의 스승을 의미했다.

"게다가…… 음!"

마지막으로 무언가를 발견한 루미테르 황제의 눈동자가 떨렸다.

"이게 사실인가?"

"어떤 부분을 말씀하시는 겁니까?"

"신학 과목의 교수가 알버트 교황이라는 것이 사실이냐 물었네."

그렇다. 아르칸 아카데미의 과목 중 하나인 신학의 교수직에는 현 태양교의 교황인 알버트의 이름이 적혀 있었다.

주교가 빙그레 웃었다.

"예, 교황님께서는 이로운 말씀을 전하고자 친히 교단에 서시기로 마음먹으셨습니다."

"카이 남작이 대체 누구길래 이 정도의 특혜를 준단 말인가?"

"카이 님은 라시온 왕국의 귀족이기 전에, 성혈단을 이끄는 단장입니다."

"음. 성혈단장이란 말이지……."

"허."

완벽한 시설에 이어 완벽한 교수진까지.

심지어 그것이 전부가 아니었다.

'카이 남작이라, 머리 하나는 비상하군.'

그가 고작 아카데미 하나에 이런 무시무시한 투자를 한 이유는 간단했다.

'이 아카데미를 조그마한 국제 사회로 만들 셈이군.'

아르칸 아카데미는 조만간 대륙을 욱여넣은 듯한 재미있는 모습을 띠게 될 것이다.

두 개 제국과 세 개 왕국의 황족, 왕족들은 물론이고 명망 높은 가문의 귀족 자제들과 거대 상단의 후계자들까지 아카데미에 등록할 터.

당연히 서로의 신경전이 오갈 수밖에 없다.

하지만 카이 남작은 태양교, 그것도 교황이라는 이름으로 정도 이상의 다툼을 억제시켰다.

'판을 깔아줄 테니, 자신이 있다면 후계자들의 능력을 시험해 보라는 건가?'

루미테르 황제가 낮게 웃었다.

"재미있군."

그는 주교를 내려다보며 짤막하게 말했다.

"3황자와 9황녀를 보내도록 하지."

"……폐하의 과감한 결정에 감사드립니다."

3황자는 오곤 제국의 차기 황제로 거론되는 인물이었고, 9황녀도 똑똑하기로 소문이 난 인물.

그 두 사람을 보낸다는 건, 오곤 제국이 후계의 능력을 제대로 보여주겠다고 선포한 것과 다름없었다.

"따로 준비할 것은 있는가?"

"팜플렛에 아카데미 등록금과 교복비, 그리고 학생들을 위한 지침서가 붙어 있습니다."

"……교복비를 제외한 1년 등록비만 1,000골드라? 생각보다

가격이 쎄군."

"값어치를 할 겁니다."

루미레트 황제는 저도 모르게 고개를 끄덕였다.

"하긴, 그 정도 시설에 교수진이라면…… 그리 비싼 값은 아니군."

오곤 제국의 황실에서 일어난 일은, 다른 나라에서도 동시다발적으로 이루어지는 중이었다.

"뭐? 벌써?"

"예. 시안은 벌써 나왔잖아요?"

"음, 나오긴 했다만……."

정우의 부모님은 아직도 얼떨떨한 표정을 지으며 아들을 쳐다봤다.

"이 사업, 정말 가능성이 있는 거니?"

"어머니, 제가 꽃길만 걷게 해드리겠습니다."

"여보. 큰돈도 아니니 아들 한 번 믿어봅시다."

부모님은 각각 20억씩의 돈을 투자해 미드 온라인에서의 사업을 시작했다. 웃기게도 그 과정에서 가장 큰 이득을 본 것은 다름 아닌 누나인 한지혜였다.

"지혜 녀석, 그동안 사회에서 구르면서 얼마나 배웠는지 실력 좀 보자."

"훗. 2팀의 에이스라고 불리던 최연소 미녀 대리의 실력을 보여드리죠."

그녀는 부모님의 요청에 멀쩡하게 다니던 회사에 사표를 내고, 부모님의 회사에 취직했다. 당연히 하는 일은 부모님이 운영하게 될 교복, 체육복 사업의 운영 및 관리.

"발주는 각각 몇 벌 정도 넣으면 돼?"

지혜가 의욕을 드러내는 묻자, 정우는 스마트폰을 뒤적거리더니 입을 열었다.

"150."

"……응?"

"우선은 150벌로 시작하자."

"학생이 150명이나 있어?"

"응."

150명의 학생이 등록금으로 지불한 액수는 무려 15만 골드.

정우는 아카데미를 건설하기 위해 쏟아부었던 돈과 교수진을 구하느라 썼던 투자금을 하루 만에 회수했다.

며칠 후, 부모님의 투자하고 한지혜가 실질적인 영업을 담당하게 된 새로운 의류 브랜드. 위즈덤(Wisdom)의 첫 의상이 미드 온라인에서 완성되었다.

"퀄리티 좋은데?"

교복을 이리저리 돌려보던 카이가 감탄사를 뱉어냈다.

그러자 초보자 의상을 입고 옆에 서 있던 한지혜, 아니, 위즈가 가슴을 쭉 폈다.

"당연하지. 국제대회에서 몇 번이나 수상한 전적이 있는 디자이너가 직접 만든 의상인데."

자부심이 넘치는 그녀의 말처럼, 카이의 손에 들린 옷은 굉장히 고급스러웠다.

우선 의상 퀄리티의 대부분을 결정하는 원단은 화이트 실크로 만들어졌다. 여름에는 시원하고 겨울에는 따뜻한 만능의 원단. 심지어 무게도 가벼운 주제에 내구성은 튼튼한 마법의 재료였다.

"디자인 자체는 그냥 우리나라 사립 학교 교복 같은데?"

"맞아. 우리에게는 친숙하지만 NPC들에게는 생소한 디자인이지."

"제법 잘 먹힐 것 같아."

베이지색의 교복을 손에 쥔 카이는 만족스러운 미소를 지으며 고개를 끄덕였다.

"그런데 이것만 판매할 거야?"

"물론 아니지."

위즈는 인터페이스를 띄우더니 그대로 카이에게 패스했다.

"이건……."

그녀가 건넨 자료를 읽던 카이의 눈이 휘둥그레졌다.

"교복, 세일러복, 한복에…… 바니걸 의상까지? 맙소사 이게 다 뭐야?"

"뭐긴 뭐야. RPG게임의 최종 컨텐츠라고 불리는 커스터마이징 의상들이지."

"이런 부끄러운 옷들이 팔릴 거라고 생각해?"

"팔아야지. 사업가는 필요하다면 사막에서 모래도 판매할 수 있어야 해."

"내 생각엔 부끄러워서 아무도 안 입을 것 같은데."

"호호. 뚜껑은 열어봐야 아는 거야. 두고 보라고."

카이는 그녀가 드러내는 자신감에 어깨만 으쓱거렸다.

똑똑똑.

"영주님, 아침 식사 시간입니다."

이른 아침, 프레스콧이 카이의 방문을 두드렸다.

"나가요."

카이가 방을 나서자 프레스콧은 부드럽게 고개를 숙였다.

"잘 주무셨는지요."

"저는 잘 잤습니다. 프레스콧은요?"

"저 역시 잘 잤습니다."

간단하게 인사를 나눈 두 사람이 함께 식당으로 향하던 와중, 돌연 카이의 발걸음이 멈췄다.

그는 창밖을 통해 성벽 방향을 바라보며 입을 열었다.

"긴 행렬이네요."

"뜻깊은 날이지요. 아르칸 영지는 오늘을 기점으로 새롭게 태어날 겁니다."

카이의 옆에 서서 그와 같은 경치를 바라보던 프레스콧이 감회로운 표정을 지으며 말했다.

"문득 영주님을 처음 만났던 날이 생각나는군요. 그날을 기억하십니까?"

"얼마나 되었다고 까먹겠어요. 물론 기억합니다."

"고향의 몰락을 가까이서 바라보는 심정이란…… 말로 설명하기 힘들 정도였지요."

쓴웃음을 지은 프레스콧이 고개를 돌려 카이를 쳐다봤다.

"아르칸의 새로운 영주가 카이 님이라서 다행입니다. 진심입니다."

"아침부터 쑥스럽게 왜 그래요."

멋쩍은 미소를 지은 카이는 다시금 발걸음을 옮겼다.

"오늘 스케줄은 어떻게 되는 거죠, 그럼?"

"아침 식사가 끝나면 티타임을 가지신 뒤, 천천히 아카데미
로 가시면 될 것 같습니다."

"끙, 연설할 생각을 하니 긴장이 되는군요. 아침 먹고 체하
는 거 아닐까요?"

"아르칸의 주인은 카이 님이십니다. 당연히 영주님이 연설
을 하시는 게 도리에 맞습니다. 그리고 아침 식단은 소화가 잘
되는 수프와 샐러드 위주로 요청해 놨습니다."

시간은 빠르게 흘러 어느덧 아카데미의 입학식 날이 되었다.

카이는 지난 몇 주간의 눈코 뜰 새 없이 바빴던 나날을 떠올렸다.

'영지 운영도 아무나 하는 게 아니구나.'

단순히 돈만 투자하면 끝나는 줄 알았건만 하나부터 열까
지 신경 쓸 부분이 너무나도 많았다. 물론 아르칸 아카데미에
애정이 없다면 적당히 전문가를 고용해서 굴리면 그만이다.

'하지만 내 땅인데 남의 손에 맡길 수는 없지.'

벌써부터 골이 아파 왔다.

현재 그가 제대로 관리하는 것은 리버티아와 아르칸 정도.

하지만 하베로스의 운영을 제대로 시작하고, 바덴 영주에게서 새로운 영지 두 개를 추가로 받는다면?

'상상만 해도 끔찍하네.'

고개를 절레절레 내저은 카이는 주방장이 준비한 식사를 맛있게 먹었다.

한 때는 프레스콧과 카이가 전부였던 썰렁한 영주 저택은 많이 바뀐 상태였다. 요리사는 물론이고, 정원사나 시종, 하녀들까지 대거 들어선 상황이었으니까.

"오늘도 음식이 맛있네요. 깔끔하고."

"주방장에게 전해놓겠습니다."

"네."

이어서 가볍게 티타임을 가진 카이는 자리에서 일어났다.

"이제 가볼까요? 프레스콧의 새 직장으로."

"……역시 다시 한번 생각해 주심이. 전 그저 영주님을 모시면서 저택을 관리하는 게 적성에 맞는 것 같습니다."

"프레스콧이라면 잘하리라 믿어요."

카이가 미소를 지으며 엄지를 척 들어 올렸다.

그는 프레스콧을 예절 과목을 담당할 교사로 아카데미에 고용한 상태였다.

"이제 슬슬 출발하죠."

저택을 나선 두 사람은 아카데미 본관을 향해 걸어갔다.

"마차가 끊이지를 않네요."

성문에서부터 쭈욱 이어진 마차들의 행렬은 퇴근 시간의 꽉 막힌 올림픽대로를 보는 듯했다.

그들을 지나쳐 아카데미의 강당으로 들어서자 교사들이 일어나 카이에게 인사를 했다.

"이사장님……."

"영주님……."

"성혈단장님……."

통일이 되지 않는 제각각의 호칭들.

카이는 낮게 웃으며 입을 열었다.

"편한 대로 하세요. 편한 대로."

그는 자신에게 다가오는 알버트 교황에게 인사를 하고는 물었다.

"교황님. 아르칸 아카데미의 신전은 어떻던가요?"

"마음 같아서는 이곳의 신전을 본단으로 삼고 싶을 정도로 훌륭하더군요."

"하하하! 드워프들이 들으면 좋아할 거예요."

알버트 교황의 극찬에 기분이 좋아진 카이는 교사들과 하나하나 눈을 마주치며 말했다.

"오늘은 아르칸 아카데미에 처음으로 학생들이 들어오는 날입니다. 다들 오냐오냐 소리 들으면서 자란 사람들이라 말은 안 들을 거 같지만…… 모쪼록 잘 부탁드립니다."

"아무렴요."

"훌륭한 시설에 걸맞은 훌륭한 교육을 선보이겠습니다."

"이사장님의 기대에 부응하겠습니다."

교사들의 다짐을 받은 카이는 자신의 자리에 앉으며 시간을 확인했다.

"왠지 오늘은 하루가 길어질 것 같네요."

"흠."

오곤 제국의 테세우스 3황자는 자신의 여동생인 루나 9황녀와 함께 아카데미에 입성했다.

'확실히 마법 수정구에서 본 그대로다. 영상에는 조금의 과장도 없었어.'

그가 가장 먼저 느낀 감정은 다름 아닌 감탄이었다.

'역시 세상은 넓군.'

대륙을 통틀어 마도의 정점이라 자부하는 오곤 제국이 세상의 중심이라 생각했다. 하지만 고작해야 왕국인 라시온의 일개 영지가 자랑하는 건축물은 그 오만한 생각을 깨부수기에 충분했다.

"라시온 왕국에 이렇게 아름다운 도시가 존재하다니……
직접 보면서도 믿기지 않네요, 오라버니."

"이 도시의 모든 건물이 드워프들이 손길을 거쳤다고 하니
그럴 수밖에."

본인도 무척 놀랐지만, 테세우스 황자는 짐짓 아무렇지도
않은 척을 했다.

'게다가……'

강당에 들어선 그는 먼저 도착해 있는 수많은 남녀를 바라
보며 눈을 가늘게 떴다.

'얼굴을 이미 알고 있는 이들도 있고…… 만난 적은 없지만
누구인지 알 것 같은 이들도 있군.'

훗날 자신이 이끌게 될 가문의 자제들도 눈에 들어왔고 타국
에서도 명성을 떨치는 이름난 가문의 자제들도 제법 보였다.

"흠."

테세우스 황자는 오곤 제국의 황자답게 당당한 걸음걸이로
강당의 앞으로 향했다.

'아버지의 말씀대로 이 아카데미는 국제 사회의 축소판 같
다. 향후 대륙의 패권을 다툴 때 싸우게 될 적의 정보를 얻는
데 도움이 되겠어.'

앞으로 4년 동안 함께 공부를 배울 학생들은 훗날 대륙을
쥐락펴락할 이들이 될 것이다.

'바꿔 말하면 이 자리에 모인 이들의 마음을 살 수 있다면, 칼데란 제국을 손쉽게 제치는 것은 일도 아니겠지.'

그러자면 우선 누구보다 뛰어난 성적을 받아야 하고, 타의 모범을 보여야 할 터.

'그렇다면 내 자리는 저곳뿐이군.'

가장 앞 좌석, 그중에서도 가장 중앙!

테세우스 황자는 다른 귀족가의 자제들은 감히 앉을 엄두조차 내지 못한 그 자리에 앉을 생각으로 의자 손잡이를 움켜쥐었다.

꾸욱.

꾹.

그는 왼손만 뻗었는데, 눈에 들어오는 손은 두 개였다.

"음?"

"흠?"

동시에 같은 의자를 붙잡은 이들은 무의식적으로 서로를 바라보았다. 그리고 동시에 인상을 찌푸렸다.

"네놈은…… 칼데란의 11황자."

"오곤의 테세우스인가."

원수는 외나무다리에서 만난다더니, 두 사람은 가장 좋은 자리를 사이에 두고 만나게 된 것이었다.

칼데란의 11황자가 먼저 입을 열었다.

"아쉽지만 이 자리는 내가 먼저 발견했다. 손을 치우고 물러나도록."

"손잡이를 먼저 잡은 것은 나다. 그러니 그쪽이야말로 얌전히 포기하고 물러나지."

평소에 서로 못 잡아먹어 안달이 난 두 제국의 후계자는 즉시 신경전을 펼쳤다.

100명이 넘어가는 학생들이 침을 꿀꺽 삼키며 그들을 지켜보는 중이었으니. 이곳에서 꼬리를 말고 물러나면 이후의 아카데미 생활은 불 보듯 뻔했다.

"소란을 피워서 좋을 것이 없는 날이다. 다치기 전에 물러나라."

"다치고 싶다면 계속 까불어도 좋다."

두 황자가 서로를 노려보며 으르렁거렸다. 그들 주변으로는 이미 흉흉한 마나가 피어오르며 서로를 압박하기 시작했다.

그 살벌한 상황에 말린 주변 귀족들이 괜히 앞자리에 앉았다고 자책하는 순간.

촤아아악.

강당 무대를 가리고 있던 커튼이 펼쳐지며 그 뒤에서 교사진들이 나타났다.

"큼큼."

사회를 맡은 교사 한 명이 헛기침을 내며 두 황자들에게 주의를 줬지만.

그들은 교사를 한 번 스윽 훑어보더니 신경도 쓰지 않고 다시 서로를 노려봤다.

'이놈들 봐라?'

그 모습에 가만히 상황을 지켜보던 카이가 눈썹을 꿈틀거렸다.

'레벨 높고 빽 좋다고 선생님 말씀을 아주 강아지 소리처럼 취급하네?'

엄격한 부모님 밑에서 자라 예의를 중요하게 여기는 카이의 입장에서는 절대 묵과할 수 없는 일이었다.

"프레스콧."

카이가 말했다.

"예, 영주님."

"학부모 연락 수정구 있죠?"

"여기 있습니다."

눈치 빠른 프레스콧이 정중히 수정구를 건네자, 카이는 그 것을 받으며 물었다.

"오곤 제국이랑 칼데란 제국의 황제 폐하께 연락하려면 어 떻게 해야 됩니까?"

그 순간, 두 황자가 몸을 움찔거렸다. 그들은 한껏 당황한 표 정을 짓더니, 고개를 돌려 수정구를 만지는 카이를 쳐다보았다.

"이건 뭐 어떻게 쓰는 거야…… 음?"

두 사람의 시선을 느낀 카이는 능청스럽게 고개를 들어 올 리더니 그들을 바라보았다.

"두 분 이제 안 싸우세요?"

"크, 크흠."

"험험……."

어색한 듯 헛기침만 내뱉는 두 명의 황자들.

그 모습을 보며 알듯 모를 듯 미묘한 미소를 지은 카이가 입을 열었다.

"입학식 진행해야 하니, 히페루스 황자님은 저쪽, 테세우스 황자님은 저쪽에 앉아주세요."

카이는 반항하지 않고 조용히 자신의 말에 따르는 황자들을 쳐다보며 확신했다.

'역시 애들한테는 학부모 소환이 최고지.'

우여곡절 끝에 시작된 입학식은 그 어떤 트러블도 일어나지 않고 성공적으로 마무리되었다.

사고는 예고 없이 찾아오는 법이라 했던가.

아르칸 아카데미의 설립을 성공적으로 마친 카이에게도 예정에 없던 일이 생겨났다.

"……아카데미를요?"

카이의 떨떠름한 목소리에 헬릭은 큰 눈을 반짝이며 고개를 끄덕였다.

"응응! 나도 가보고 싶으니라. 그대가 만든 아름다운 학원."

"끄응."

카이는 지끈거리는 이마를 짚으며 이곳에 괜히 왔다는 기색을 팍팍 내비쳤다.

눈치가 제법 빠른 헬릭은 두 손을 꼬물거리며 그를 올려다봤다.

"안 되느냐……?"

그 귀여운 모습을 눈앞에 둔 카이는 저도 모르게 고개를 저었다.

"아니 뭐, 안 될 건 없습니다만…… 그런데 지상에 내려오실 수도 있어요?"

"카이여. 그대의 눈앞에 위치한 이는 전지전능한 태양신이다. 못할 것이 어디 있겠느냐. 다만……."

헬릭이 우물쭈물하며 말끝을 흐렸다.

"신이 중간계에 내려가려면 지닌 힘을 대부분 봉인해야 되느니라."

"네, 그럼 안 됩니다."

카이가 딱 잘라서 거절하자, 헬릭이 찡찡거렸다.

"아아아아! 왜! 왜 안 되는 것이냐? 나는 가고 싶으니라."

"너무 위험하잖아요. 유괴라도 당하면 어쩌시려고요?"

"힘을 봉인하더라도, 한낱 아동 유괴범 따위에게 납치될 정도는 아니니라."

"흠……."

잠시 고민을 이어가던 카이가 헬릭에게 물었다.

"그럼 말썽 안 피우고 말 잘 듣겠다고 약속하실 수 있으세요?"

"우우웅…… 그런데 내가 신인데…… 그대는 내 대리인인데……."

헬릭이 볼을 부풀리며 불만을 드러냈지만, 카이는 단호하게
말했다.

"약속 안 해주시면 안 데려가요. 자, 약속."

"약속하니라."

칼 같은 대답을 뱉어낸 헬릭이 손을 내밀었다.

고사리처럼 가느다란 새끼손가락을 손에 걸고 약속까지 마
친 헬릭은 신이 나서 짐을 싸기 시작했다.

"준비 다 되셨습니까?"

작은 책가방 하나에 짐을 모두 담은 헬릭은 신이 나서 고개
를 끄덕였다.

물론 짐이라고 해봤자, 자신이 좋아하는 사탕과 과자를 골
라서 집어넣은 게 전부였다.

"다 되었다."

"……끄웅."

카이는 다시 한번 생각해도 이래도 되는 건가, 고민이 들었다.

'하지만 뭐. 별일이야 있겠어.'

아르칸 영지에는 각국의 황족과 왕족, 명문가의 귀족 자제

들이 모여 있다.

당연히 그들에게 문제가 생긴다면, 그 책임은 모두 영주이자 이사장인 카이의 몫. 때문에 그는 학생들이 등록금으로 지불한 돈의 대부분을 다시 지출해서 기사들을 고용했다.

덕분에 현재 아르칸 영지는 감히 철옹성이라 일컬어도 부족함이 없을 수준.

'게다가 알버트 교황님도 있고, 태양교의 정예와 태양 기사단도 있으니까.'

오히려 헬릭을 노리는 사람이 있다면 그 대상이 불쌍할 정도다. 말끔하게 고민을 지워 버린 카이는 헬릭의 손을 잡고 입을 달싹였다.

"신출귀몰."

아카데미의 이사장실로 이동한 카이는 순백의 드레스를 입고 있는 헬릭을 보며 말했다.

"따라오세요. 아카데미 구경시켜 드릴게요."

카이의 뒤꽁무니에 착 달라붙은 헬릭은 짧은 다리를 열심히 움직이며 그를 뒤따랐다.

"와아. 아름다우니라."

드워프들의 예술적인 건축물을 바라보는 그녀의 눈빛은 시종일관 반짝였다.

'이렇게 좋아하는 것을 보니 데리고 내려온 보람이 있는 것

같기도.'

사탕과 과자를 먹을 때를 제외하고는 이렇게 신난 모습을 처음 보는 것 같았다.

헬릭은 정말 아이처럼 뛰어다니며 아카데미의 구석구석을 돌아다녔다.

"지치지도 않으시나……."

카이가 몇 시간을 쉬지도 않는 그녀를 보며 중얼거릴 때, 누군가가 그에게 다가와 인사했다.

"카이 님…… 아니, 이사장님!"

때마침 교내를 둘러보고 있던 로엔이었다.

그는 마치 교과서에 나오는 위인을 쳐다보는 눈빛으로 카이를 쳐다봤다.

"이렇게 훌륭한 곳에서 공부할 수 있도록 장학금까지 지원해 주시다니…… 정말 열심히 하겠습니다. 감사합니다!"

"뭘."

카이는 아직도 그의 기억을 수정했다는 것에 약간의 미안함을 갖고 있었기에, 장학금을 지원해 주는 중이었다.

물론 그건 장기적으로 봤을 때도 손해는 아니었다. 로엔은 그 정도 돈값은 할 것이 분명한 인재였으니까.

"그런데 저분은 누구십니까? 입학식 때는 못 뵈었던 얼굴인 것 같습니다만."

로엔은 한 번이라도 보면 잊어버리기가 힘든 헬릭을 물끄러미 쳐다보며 물었다.

신장도 그렇고, 외형도 그렇고. 헬릭은 누가봐도 아이처럼 보였지만 일반인이 범접하기 힘든 위엄을 갖추고 있었다.

"아, 그게……."

자신의 이야기가 나오자 귀를 쫑긋 세우며 다가온 헬릭이 입을 열었다.

"나의 이름은 헬……."

"헬리자베스야."

카이가 헬릭의 말을 그대로 잘라내며 선수를 쳤다.

"……헬리자베스 님이요?"

태어나서 처음 들어보는 독특한 이름에 로엔이 신기하다는 눈빛으로 헬릭을 쳐다봤다.

"응. 13살이지. 좋아하는 것은 사탕과 과자. 특징은 볼살이 부드럽고 말랑말랑해."

"그, 그렇군요."

로엔은 애매한 미소를 지으며 말을 이었다.

"이사장님의 동생이십니까?"

"……어? 으응, 뭐. 비슷하지."

"앞으로 뵙게 되면 인사드리겠습니다. 만나 뵙게 되어 영광이었습니다. 그럼……."

예의 바르게 고개를 숙이고 사라지는 로엔.

그의 뒷모습을 쳐다보던 헬릭이 눈을 가늘게 뜨며 카이를 쳐다봤다.

"난 그대의 동생이 아니니라. 헬리자베스는 더더욱 아니고."

"알죠. 하지만 그렇다고 이분은 내가 모시는 신이셔. 이렇게 말할 수는 없잖아요?"

"흐우우······."

헬릭은 기다란 머리카락을 목도리처럼 제 목에 돌돌 말며 시무룩한 표정을 지었다.

카이는 시무룩해진 그녀의 머리를 쓰다듬으며 물었다.

"아카데미 구경은 어떠셨어요?"

"웅. 구경은 재미있었다. 내려오길 잘했다는 생각이 들 정도이니라."

"그럼 신전도 가보실래요? 알버트 교황님이 버선발로 뛰쳐나와서 반기실 텐데."

"그, 그건 괜찮다."

고개를 붕붕 내저은 헬릭이 돌연 카이의 소매를 붙잡았다.

"흐아아암. 카이여. 이제 조금 졸리니라."

"그럼 이제 돌아갈까요?"

"웅······."

아무리 신이라지만 아이의 몸으로 하루 종일 그 넓은 아카데미를 방방거리며 뛰어다녔다.

당연히 졸릴 수밖에.

카이는 귀여운 하품을 뱉어내며 눈을 비비는 헬릭의 손을 잡으며 중얼거렸다.

"신출귀몰."

헬릭과의 짧은 데이트가 끝난 뒤, 카이는 리버티아 방문한 상태였다.

"오오, 벗이여! 이게 얼마 만이란 말인가!"

"오랜만이야, 루테리아."

아장아장 걸어 다니는 작은 세계수, 루테리아를 손바닥 위에 올린 그가 고개를 돌렸다.

"천하제일야장대회는 차질 없이 진행 중입니까?"

"네. 예정대로라면 일주일 뒤에 시작할 수 있을 거예요."

엘프 족의 여왕 엘라니아가 공손한 목소리로 답했다. 그러자 옆에 있던 카리우스와 카룬달이 한 마디씩 거들었다.

"역시 그대의 생각이 맞았네. 대회가 코앞으로 다가오니 관광객이 더 몰려드는군."

"껄껄. 대회에 참가하는 녀석들은 최고의 대장장이가 누구인지 보여주겠다며, 연습에 한창일세."

"좋네요. 경쟁이란 서로에게 좋은 자극이 되는 법이지요."

리버티아라는 도시 전체가 거대한 심장이라도 된 것처럼 생동감 있게 뛰었다. 이미 과거의 황량했던 모습은 온데간데없는 완벽한 도시의 모습.

'리버티아의 성장 속도는 빨라. 벌써 B등급을 목전에 두고 있을 정도니 말 다했지.'

앞날이 탄탄대로였기에 고민도 없었다. 게다가 이전에 벌여 놨던 일들도 제법 수습이 되는 분위기인지라 마음도 편했다.

'천하제일야장대회만 성공적으로 끝나면…… 타락의 성지에서 찍은 예능이 방영될 거고, 그것까지만 보고 나면 다시 모험을 시작하자.'

생각을 짧게 정리한 카이에게 새로운 손님이 찾아왔다.

"카이!"

"……카밀라?"

있었지. 이런 여자가.

그녀의 존재를 까맣게 잊고 있던 카이가 입을 열었다.

"오랜만이네. 무슨 일이야?"

"무슨 일이냐니? 네 장비 완성되어서 찾아왔지."

특유의 털털한 목소리를 뽐낸 그녀는 한 쌍의 장갑을 그에게 내밀었다.

"애지중지하면서 사용해. 내가 특별히 공들여서 만든 녀석이니까."

'아, 맞아. 지난번에 자탄 재료들 주면서 장갑 제작을 의뢰했었지?'

까맣게 잊고 있던 장비가 손에 들어오자, 선물이라도 받은 기분이 들었다.

카이는 좋은 감촉의 장갑을 들어 올렸다.

그가 카밀라에게 장갑 제작을 의뢰할 때 건넸던 재료는 자탄의 단단한 껍질, 그리고 각각 불과 얼음, 대지와 전기의 속성을 담고 있던 네 개의 다리였다.

그것들이 절묘하게 섞인 장갑의 형태는 제법 신선했다.

우선 옅은 갈색으로 이루어진 장갑은 단단한 껍질로 만들어졌다고는 믿을 수 없을 정도로 부드러웠다. 단단한 껍질이 아닌 가죽이나 천을 사용해서 만들었다고 말해도 믿을 수 있을 정도.

그뿐만이 아니라, 장갑에는 네 개의 선이 그려져 있었다. 각각 속성을 의미하는 것처럼, 적색과 청색, 갈색과 황색을 띠고 있는 선들이었다.

"어때? 멋있지."

"외관은 진짜 멋있네. 근데 이거 왜 이렇게 부드러워?"

"어휴, 말도 마. 껍질 그거 진짜 지독하더라. 부드럽게 만든다고 망치질 엄청 했어."

질린 표정을 지으며 고개를 절레절레 흔든 카밀라가 그를 재촉했다.

"능력치도 어서 확인해봐."

"……어지간히 자신 있나 보네."

피식 웃음을 터뜨린 카이는 그녀의 말대로 장갑을 감정했다.

"아이템 감정."

[자탄의 중력 장갑]

등급 : 유니크

방어력 1,240

마법 방어력 1,215

힘 +20

민첩 +20

체력 +20

착용 제한 : 레벨 400 이상.

내구도 100/100

[특수 효과]

중력장 스킬의 효율이 크게 증가합니다.

중력장 내부에서의 움직임이 다소 자유로워집니다.

중력장 내부에서 무작위 속성을 부여받습니다.

'호오?'

아이템의 설명을 읽던 카이의 눈이 휘둥그레졌다.

'설마 중력장 스킬의 효율을 올리는 옵션이 붙을 줄이야.'

사실 중력장을 대상에게 국한시키지 않고, 광역으로 전개하는 것은 양날의 검이었다. 적들의 움직임을 봉쇄할 수 있지만 카이도 중력의 영향을 받았으니까.

'타락의 성지에서 뱀파이어들을 상대할 때 그 단점을 여실히 느꼈지.'

하지만 카밀라가 이번에 제작한 중력 장갑이 있다면 이야기가 달라진다.

'문제는 다소 자유로워진다는 게 어느 정도냐는 건데······.'

그건 확인해 보면 될 일.

카이는 곧장 장갑을 양손에 장비했다.

"미안한데 잠깐만 실례. 중력장."

"흐아!"

카밀라에게 양해를 구한 카이는 중력장을 일대에 전개했다.

순식간에 네 배나 무거워진 중력. 동시에 그의 장갑에 각인되어 있던 황색의 선이 밝은 빛을 내뿜었다.

'이건······.'

중력장 내부에서 전기 속성을 부여받았다는 뜻일 터.

따악. 치지지직.

카이가 손가락을 튕기자, 마치 스파크가 튀는 것처럼 전류가 일어났다.

"이거 재미있네."

재미난 장난감을 얻은 카이는 진한 미소를 지으며 가볍게 점프를 해보았다. 확실히 평소보다는 조금 더 힘들지만, 크게 신경이 쓰일 정도는 아니다.

'중력을 네 배나 높였는데…… 체감상으로는 두 배 정도 높아진 것 같아.'

한 마디로 중력장을 통해 받는 압력이 절반 정도 감소되었다는 뜻.

"해제."

중력장을 해제한 카이는 카밀라에게 감사 인사를 표했다.

"고맙다. 이거 진짜 마음에 들어."

"으으…… 야! 말도 없이 갑자기 그런 스킬을 사용하면……!"

화를 내려던 카밀라는 자신이 제작한 장갑을 사랑스럽게 쳐다보는 카이의 모습에 허탈한 웃음을 터뜨렸다.

"……뭐, 저렇게 좋아하니 된 건가."

자신이 만든 장비를 받고 저렇게 좋아하는 사람을 보는 것.

'그래. 이 맛에 대장장이 하는 거지.'

카밀라는 어깨를 으쓱이며 생각했다. 자신이 대장장이라는 직업을 선택한 것은 신의 한 수였다고.

91장

도화선

정우는 아침으로 먹을 토스트 한 쪽 면에 버터를 바르며 패드의 화면을 보는 중이었다.

-안녕하세요! 게임의 소식을 가장 먼저 전해드리는 아리스입니다. 요즘 들어서 가장 핫한 사건이죠? 'NPC 실종 사건'이 다시 한번 발생했답니다. 이번에는 알데바란 왕국에 위치한 시골 영지, '호란'의 마을 주민들은 모두 사라졌다고 하는데요. 그들은 어디로 갔을까요?

"흐음. 요즘 저 소식이 자주 들리네."
이어서 커피를 홀짝인 정우는 몽롱했던 정신을 일깨우며 토스트를 크게 한 입 베어 먹었다.

흔히 말하기를 NPC 실종 사건이라 부르는 현상. 한두 번이 아니라 몇 번이나 반복된 이 기현상은, 현재는 괴담으로까지 진행된 상태였다.

"버그로 생겨난 유령이 마을 주민들을 데려간다니. 말도 안 되는 소문이지."

하지만 이 말도 안 되는 소문을 믿는 사람을 생각보다 많았다. 왜냐하면 버그 유령에 대한 그럴듯한 근거가 있었기 때문이다.

우선은 흔적. NPC 실종 사건이 일어난 장소에서는 그 어떤 흔적도 없었다. 만약 누군가가 그들을 강제로 죽이거나 끌고 가려고 했다면, 저항의 흔적이라도 있어야 한다. 하지만 NPC 들은 잠을 자다가 갑자기 외계인에게 납치라도 당한 것처럼, 발자국 하나 남기지 않았다.

그리고 이보다 더 중요한 것은, 사건이 일어난 장소의 근처에서 실제로 유령을 봤다고 주장하는 유저들이 있었기 때문이다.

옛말에 삼인성호(三人成虎)라고 했던가. 세 사람이 말하면 도심에 없던 호랑이도 만들어 낼 수 있다고 했다. 하물며 수십 명의 유저들이 비슷한 특징들을 말하며 유령을 봤다고 말하자, 소문은 점점 사실처럼 받아들여졌다.

오물오물.

토스트를 먹으며 아리스의 개인 방송을 지켜보던 정우의 눈빛이 무거워졌다.

'소문이란 건 믿을 게 못 되지만…… 신경이 쓰이는 것도 사실이야. 특히 영지를 운영하는 입장이다 보니 더더욱.'

결국 천하제일야장대회가 끝나면 사건의 진상을 알아보기로 결정한 정우는 게임에 접속했다.

"앗, 영주다."

"앗, 카이다."

재잘재잘.

리버티아의 영주 저택에서 일을 하고 있는 요정족들이 수다를 떨었다.

카이는 그들에게 가볍게 인사를 하고는 베란다로 나가 울창한 나무의 아래를 바라보았다.

"……여기도 전망 하나는 끝내주는데."

카이의 대저택에서는 리버티아의 정체성 중 중 하나인 거대한 나무와 그 위에 지어진 집들. 그리고 지상에 존재하는 수많은 건물들이 한눈에 내려다보였다.

돈 주고도 못 사는 경치를 마음 내킬 때마다 볼 수 있는 카이가 요정족들에게 물었다.

"오늘 스케줄은?"

"대회가 시작되는 날이야."

"오늘은 매우 시끄러울 거야."

"망치 소리가 계속 들릴걸."

"오늘 카이는 바쁠걸."

"……그래, 오늘 바쁘겠네."

천하제일야장대회. 리버티아라는 조그마한 땅 덩어리에는 대장간만 108개가 세워져 있다. 당연한 말이지만 비효율의 극치라 불려도 할 말이 없는 상황이었다.

때문에 카이는 이 대회를 준비했다.

"우승자가 운영하는 공방 하나만 남겨두고, 싹 다 파견 보내야지."

이미 파견을 보내기에 적당한 영지들까지 물색해 놓은 상태였다.

"일주일 뒤면 영지가 제법 조용해지겠어."

매일매일 망치 소리로 시끄러운 영지의 소음이 사라질 테니까.

"집 잘 보고 있어."

"우리는 집 잘 보는데."

"주인이 안 들어와서 문제인 거지."

"맨날 외박하고 집도 안 들어와."

재잘거리는 요정들을 뒤로하고 저택을 나선 카이는 거대한 나뭇잎에 몸을 실었다.

우우웅.

그러자 인어족의 마법이 걸려 있는 나뭇잎이 천천히 아래로 내려가기 시작했다.

이른바 판타지 세계의 엘리베이터인 셈.

지상에 도착한 카이는 곧장 대회장으로 향했다. 그곳에는 이미 108명의 드워프 대장장이들이 저마다 눈빛을 빛내며 준비를 하는 중이었다.

"오셨습니까."

미리 한 자리를 차지하고 있던 인어 족의 왕자, 사이러스가 웃음을 지으며 인사했다.

"응. 언제 시작해?"

"20분 정도 남았습니다."

"시간 딱 맞춰왔네. 생각보다 구경하는 사람들도 많고."

"그러게요. 첫날이라서 생각보다 한적할 줄 알았습니다만."

총 일주일에 걸쳐 진행되는 대회가 진행되는 방식은 간단했다. 가장 기본적인 것은 108명의 장인들이 날마다 주어진 주제를 가지고 무구를 만든다는 것. 그리고 첫 날의 경연으로 딱 절반인 54명의 생존자가 남는다는 것이었다.

물론 둘째 날에는 27명, 셋째 날에 13명, 넷째 날에는 6명……

이런 식으로 마지막 날에는 가장 뛰어난 세 명의 장인들만이 살아남아 최후의 승자를 가리는 결투를 펼치게 될 예정이었다.

그래서 상대적으로 볼거리가 덜하다고 판단되는 첫날에는 관중들이 적을 것이라 생각했다.

하지만 그것은 크나큰 오산이었다.

"대체 몇 명이나 온 거야?"

"마련한 좌석이 정확히 만 개였는데 모두 매진됐습니다. 입석에 들어선 사람들까지 포함하면…… 못해도 25,000명은 되겠군요."

"타영지에서 보낸 이들도 있겠지?"

"아마 형편이 되는 영지에서는 못해도 한 사람을 보냈을 겁니다."

카이는 대회의 주목도를 높이기 위해 제법 덩치 있는 영지들에게 사전에 서신을 보냈었다. 경연에서 패배한 대장장이들의 공방은 리버티아에서 철거되며, 파견을 보낼 생각이라고.

'덕분에 수많은 영지에서 스카우터들이 온 모양이네.'

그들 입장에서는 될 수 있으면 높은 성적을 거머쥔 드워프 장인을 데려가고 싶을 터.

하지만 그들은 대체 몇 명이나 있는지 모르는 경쟁자도 항상 염두에 둬야 한다.

'아마 머리 좀 아플 거야.'

빨리 탈락한 드워프를 데려가자니 뭔가 조금 아쉽고 그렇다고 상위권 드워프를 데려가자니 그건 또 경쟁이 치열할까 봐 두렵다.

순수하게 대장장이 장인들의 기예를 보고 싶어 온 관중들과는 달리 타 영지에서 온 스카우터들은 서로의 눈치를 봐야 하는 눈치 싸움을 벌이게 될 것이다.

"구경하는 재미가 있겠어."

카이는 푹신한 좌석에 몸을 기대며 느긋한 표정을 지었다.

⁂

그곳은 지옥도라고 불려도 무방할 정도로 끔찍한 공간이었다.

수천 구나 되는 해골들이 모여 만든 뼈의 산. 그 산의 정상에 앉아 있던 로브를 뒤집어쓴 사내는 한 여인의 목울대를 잡고 있었다.

"제, 제발 살려주세요⋯⋯."

"⋯⋯."

"아무한테도⋯⋯ 어디 가서 아무한테도⋯⋯ 흐윽, 말하지 않을게요⋯⋯."

눈물과 콧물을 줄줄 흘리는 젊은 여인의 흔들리는 눈동자에는 지독한 공포가 서려 있었다.

우드득.

그럼에도 불구하고, 그녀의 가녀린 목을 쥔 사내의 손에 점점 힘이 들어가기 시작했다.

"어차피 널 죽이면 어디 가서 말도 못 할 텐데, 내가 왜 널 살려줘야 하지?"

"커, 커흐윽⋯⋯ 제, 제발⋯⋯."

"너의 부모도, 자매도, 친구들도 모두 내 손에 죽었다. 그들을 따라가라."

여인의 애원에도 불구하고, 사내는 손에 힘을 주었다.

콰득!

뼈가 부러지는 소리가 들리더니 목이 축 늘어졌다. 동시에 여인의 목울대를 쥐고 있던 사내의 손등에 굵은 핏줄들이 일어났다.

"크읍……."

그는 고통 때문인지 짧은 신음을 뱉어냈지만, 핏줄을 빠르게 가라앉았다.

푸쉬이이익.

바뀐 것이 있다면, 그의 손에 잡혀 있던 젊고 아름다운 여인이 뼈만 남긴 채 사라졌다는 것뿐.

"후우, 이번 마을도 끝났군."

후두둑.

새로운 뼈가 추가되며 뼈의 산은 그 높이를 약간이나마 더 높였다.

띠링!

[마을 주민의 영혼 74개를 흡수했습니다.]

[마을에 존재하는 모든 생명체를 살해했습니다.]

[마왕 앙골모아가 당신의 잔인한 손속을 마음에 들어합니다.]

[마기가 25 상승합니다.]

"나쁘지 않아."

남자가 메시지를 읽으며 한쪽 입꼬리를 말아 올린 순간, 손님이 찾아왔다.

"힘은 잘 쌓는 중인가? 스팅."

허공에 생겨난 균열이 뱉어낸 남자가 두개골들을 아무렇지도 않게 밟으며 물었다.

아마 이 자리에 다른 유저들이 있었다면 분명 경악을 했을 것이다.

스팅!

한때 세계 10대 길드 중 하나였던 검은 벌 길드를 이끌었던 최고의 마법사. 아쉽게도 카이를 적으로 돌려 주춧돌 하나 남기지 못하고 멸망했지만, 그는 여전히 미드 온라인의 유저라면 모를 수 없는 존재감을 지닌 인물이었다.

"잘 쌓는 중이지. 무료할 정도로 잘 쌓이고 있다. 몸이 근질거릴 정도야."

"아직은 때가 아니다. 놈은 여전히 우리보다 강해."

"명령하지 말라고 했을 텐데, 골리앗."

"너에게 명령한 적 없다. 스팅."

스팅에 이어 골리앗이라는 이름이 나왔다.

그 또한 유저들이 모를 수 없는 이름값을 지닌 인물. 한때는 서로를 견제하던 라이벌 관계였지만 현재 그들의 관계는 생각보다 가까웠다. 물론 그것이 가능했던 건 두 사람이 제법 많은 공통점을 공유하고 있었기 때문이다.

우선 둘 다 세계 10대 길드를 이끄는 마스터였으며, 원수가 카이라는 점. 그리고 지금은 두 사람 모두 신화 등급의 직업 보유자라는 부분마저 같았다.

골리앗이 스팅을 빤히 쳐다보며 입을 열었다.

"언노운에 대한 소식은 듣고 있나?"

"매일 듣고 있지. 적을 이기기 위해선 적을 알아야 하는 법이니까."

두 남자의 몸에서 뿜어져 나오는 기세가 흉포해졌다.

"그래서 날 찾아온 목적은?"

"……"

스팅의 질문에 골리앗은 진중한 표정을 지으며 천천히 입을 열었다.

"너, 지금 얼마나 강하냐."

"그것이 궁금해서 온 건가."

"궁금하다."

골리앗의 직설적인 질문에 스팅은 손가락 세 개를 폈다.

"미드 온라인에서 세 손가락 안에 들어갈 정도는 된다."

"그렇군."

스팅의 대답에 골리앗은 한 치의 의심도 없이 고개를 끄덕였다.

"오늘 널 찾아온 건 제안을 하기 위해서다."

"제안?"

"언노운 녀석. 요즘 들어 계속 승승장구하는 모습이 눈꼴시리더군."

"놈을 방해하고 싶다는 건가? 하지만 자칫하다가는 꼬리가 밟힐 수도 있다."

"그래서 너의 힘을 빌리고 싶은 거다. 내가 나서면 흔적이 남을 수밖에 없으니까."

골리앗의 말에 스팅이 슬며시 미소를 지었다.

"아예 제대로 깽판을 놓고 싶다?"

"한 번쯤 흔들어 두는 것이 좋을 거라고 판단했을 뿐이다. 때마침 좋은 기회가 오기도 했고."

"천하제일야장대회를 말하는군."

스팅이 골리앗의 의도를 단번에 꿰뚫어 봤다.

"맞다. 대회를 지켜보는 관중만 수만 명이지. 기습이 조금이라도 성공하면 녀석의 자존심에 큰 상처를 입힐 수 있을 터."

"그거 마음에 드는군. 마침 잘 됐어. 그렇지 않아도 슬슬 이 쓰레기들을 치워 버리고 싶었으니까."

스팅은 자신의 발밑에 쌓인 수천 개의 해골 더미를 쳐다보며 중얼거렸다.

*

"다들 실력이 굉장하네요."

"그야 모두 장인이니까."

사이러스는 두 주먹을 꽉 쥐어가면서 경연에 집중했지만, 카이는 생각보다 지루하다는 표정을 짓고 있었다.

'생각보다 신이 안 나네.'

사실 대장장이들이 각자 무기를 만드는 경연이 재미있으면 얼마나 재미있겠는가.

그저 단순히 망치를 두드리고, 무구를 식히고, 다시 달군 뒤 또 두드리고. 이렇게 단순히 반복되는 노가다를 몇 시간 동안이나 구경하는 건 생각보다 훨씬 더 졸리는 일이었다.

'어우, 잠 좀 깨게 세수나 하고 올까.'

카이가 하품을 내뱉으며 게임을 대기 모드로 전환하려는 순간.

띠링!

[하베로스 영지가 공격받고 있습니다.]

[영지를 방어하십시오.]

잠이 쏙 달아나는 문구가 그의 눈앞을 가득 메웠다.

'뭐? 공격을 당해? 누구한테서?'

순식간에 얼굴이 딱딱해진 카이는 자리에서 일어나 사이러스에게 말했다.

"급한 일이 생겨서 어디 좀 가본다."

"예? 아, 예. 다녀오십시오."

사이러스가 인사를 건네는 순간, 카이는 이미 신출귀몰을 사용해 리버티아를 벗어난 후였다.

그와 동시에.

우웅, 우우웅.

"응? 하늘에 저거 뭐냐?"

"텔레포트 게이트 같은데……."

"그게 저기 왜 생기는데?"

리버티아의 하늘 위로 수천 개의 구멍이 생겨났다.

카이는 조만간 바덴 백작으로부터 두 개의 영지를 양도받기로 약속되어 있었다.

하지만 현재 운영하고 있는 영지는 딱 세 개. 바로 리버티아와 아르칸, 하베로스가 그 주인공이었다.

그중에서 카이의 돌봄을 받지 못한 유일한 영지가 있었으니, 그곳이 바로 하베로스였다.

'하베로스 영지는 아직 어떤 컨셉으로 개발할지 정하지 못했으니까.'

스스로도 평소에 신경을 못 써주고 있다는 것에 약간의 미안함 정도는 느낄 정도였다. 그런 와중에 영지가 공격받고 있다는 알림이 떠오르니, 카이는 뒤도 돌아보지 않고 하베로스로 이동했다.

하베로스 영지는 마치 개발되기 전의 아르칸 영지를 보는 것처럼 시골 냄새를 풀풀 풍겼다.

하지만 그런 것 따위는 아무래도 좋았다.

"꺄아아아아아악!"

"사, 살려줘!"

"여보, 도망쳐!"

"흐아아앙, 엄마아아아아."

비명을 내지르며 혼비백산한 모습으로 도망치는 영지민들을 짚단처럼 베어 넘기는 언데드들.

그 모습을 보는 카이의 두 눈으로 쌍심지가 활활 타올랐다.

"흐, 흐아아아악!"

달려가던 아낙네가 돌부리에 걸려 넘어지자. 부드러운 천에 휩싸여 있던 갓난아기가 울음을 터뜨렸다.

"응애애애!"

사람들의 비명. 그리고 자신을 방문하는 사신의 기운을 느낀 것일까.

아이는 태어났을 때보다 더 크게 울며 본인의 서러움을 만천하에 알렸다.

"아, 아가…… 내 아가……."

아이의 어머니는 한쪽 다리에 피를 철철 흘리면서도, 자식이 다치지는 않았을까 걱정하며 바닥을 엉금엉금 기어갔다.

"응애애애애!"

"옳지…… 울지 마렴…… 괜찮다…… 다 괜찮아……."

아기를 품에 안은 어머니는 두 눈을 꾹 감으며 이 악몽이 끝나기를 간절히 기도했다.

드르륵, 드르륵.

하지만 그 기도가 무색하게도, 스켈레톤은 대검을 질질 끌며 그들에게 다가갔다.

딱딱딱!

스켈레톤이 턱뼈를 부딪치며 대검을 머리 위로 크게 집어 올리는 순간.

터어어어어엉!

녀석은 마치 덤프트럭에 치인 사람 마냥 빠른 속도로 튕겨져 나갔다.

"……중력장 해제."

일반적이라면 위에서 아래로 발생될 중력을, 카이가 옆으로
비틀었기 때문이다.

"다, 당신은……."

비록 자주 방문하지는 못했지만, 한 번도 안 왔던 것은 아니
었다. 게다가 몇 없는 마을 사람들도 그때 모두 카이의 얼굴을
봤으니, 아낙네는 그의 정체를 단번에 알아차렸다.

"여…… 영주님! 아아아!"

"다치신 데는 없습니까? 햇살의 따스함, 큐어."

그녀의 다리를 치료하며 아기의 심신을 안정시킨 카이가 주
변을 둘러보며 물었다.

"대체 이게 다 무슨 사달입니까?"

"모, 모르겠어요. 갑자기 허공에서 구멍이 생기더니…… 저
런 무서운 몬스터들이……."

"……."

그 이야기를 들은 카이는 입술을 꾹 깨물었다.

'어떤 놈이지?'

그의 머릿속으로 스켈레톤을 소환할 수 있는 유저들의 목
록이 빠르게 스쳐 지나갔다. 하지만 이렇게 마을을 침공할 정
도로 크게 척을 진 이의 존재는 떠오르지 않았다.

'그럼 NPC 쪽인가?'

물론 NPC 쪽으로 타깃을 변경하면 떠오르는 이들은 많다.

'마왕 추종자들 중에서도 흑마법사는 즐비하고, 뮬딘 교 녀석들도 가능하지.'

카이는 과연 이 짓을 벌인 것이 누구인지는 몰랐으나, 하나만은 확신했다.

'너희들, 사람 잘못 건드렸어.'

그는 곧장 자신의 펫들을 소환했다.

"강화 소환, 미믹, 블리자드."

마법진 위로 소환된 미믹과 블리자드는 빠르게 주변 상황을 파악했다.

"명령을."

스르릉. 두 자루의 곡도를 빼어 든 블리자드가 눈을 번뜩이며 말했다.

"너는 영지민들의 구출과 피신을 최우선적으로 삼아. 미믹도 마찬가지고."

"끼루루루룩!"

"잠시 실례하지!"

블리자드는 와이번의 모습으로 변한 미믹의 위에 올라타며 영지의 반대쪽으로 향했다. 그 순간, 카이의 눈앞으로 새로운 메시지가 떠올랐다.

띠링!

[리버티아 영지가 공격받고 있습니다.]
[영지를 방어하십시오.]

'하베로스에 이어 리버티아까지?'

확실하다. 이건 우연의 일치 따위가 아니라, 100% 자신을 노리고 벌린 일이었다.

"시비를 거는 거라면 받아줘야지."

카이의 두 눈이 차갑게 가라앉았다.

"하지만, 지금 본인들이 감히 누구에게 시비를 걸고 있는지는 잘 모르는 듯하네."

그는 자신을 향해 몰려드는 수백 마리의 스켈레톤을 노려보며 가볍게 발을 굴렀다.

우우우웅!

동시에 스켈레톤들이 하늘로 두둥실 떠올랐다.

자탄의 중력 장갑으로 강화된 '중력장' 스킬의 세심한 컨트롤!

그 무리에 섞인 영지민들은 단 한 명도 없을 정도로, 카이가 엄청난 집중을 발휘했다. 물론 그만한 집중력을 유지하기 위해선 막대한 정신력이 소모되었다.

'크윽, 머리가……'

마치 편두통처럼 관자놀이 부근이 조금씩 땡겼다.

심지어 마나의 소모는 더욱 막대했다. 이제 마르지 않는 신성력으로 스킬을 무한정 사용할 수 있나 싶었건만, 부족한 마나가 그의 발목을 붙잡았다.

'그러니 속전속결이다.'

다시 한번 발을 구른 카이의 신형은 하늘을 향해 비룡처럼 솟구쳐 올라갔다.

허공에 떠올라 있는 스켈레톤들의 수는 120마리 정도.

'수가 그리 많지는 않아. 아마 노리고 있던 건 처음부터 리버티아였겠지.'

그곳에선 한창 천하제일야장대회가 열리는 중이었으니까.

적의 의도를 알아챈 카이의 손속이 더욱 거칠어졌다.

딱딱딱!

스켈레톤들의 움직임은 그의 입장에서는 너무나 느렸으며.

콰드드득!

그들의 몸은 종잇장처럼 허약했다.

"시간이 없으니 빨리 끝내자."

딱딱!

스켈레톤 한 마리가 자신에게 날아오는 카이에게 대검을 휘둘렀다.

물론, 중력장의 영향을 받은 녀석의 공격은 하품이 나올 정도로 느렸다. 공격을 가볍게 무시한 카이는 그대로 녀석의 갈비뼈를 밟아 터뜨렸다. 그 반동으로 다른 스켈레톤에게 이동한 카이는 이번에는 두개골을 뜯어내 버렸다.

완벽하게 기능이 정지된 녀석의 몸을 발판 삼아 다시 다른 놈에게로 이동. 상대적으로 중력장의 영향을 적게 받는 카이의 움직임은 마치 번개처럼 보였다.

"마, 맙소사……."

자리에 주저앉아 오들오들 떨고 있던 영지민들은 카이가 선보이는 신위에 멍한 표정을 지었다.

허공에 떠있던 120마리의 스켈레톤들이 정리되는 데 걸린 시간은 불과 3분.

'자, 이쪽은 끝났고. 맞은편은 블리자드가 해줄 테니…….'

쭈욱, 쭉.

카이는 허공에서 돌연 몸을 쭉쭉 늘리며 스트레칭을 하기 시작했다.

그러기를 잠시, 고개를 돌린 그는 성벽 너머의 산중턱을 노려보며 그곳을 향해 총알처럼 쏘아졌다.

'못 찾을 거라 생각했나?'

매의 목격자 칭호를 획득한 이후, 카이의 시력은 인간을 초월한 상태였다.

'기습을 했다면 경과를 지켜보고 싶겠지. 그게 범인의 행동

패턴이니까.'

때문에 카이는 스켈레톤들을 부수면서도 끊임없이 주변을 탐색했다. 자신을 지켜보고 있을 단 하나의 목격자를 찾기 위해서.

그리고 마침내 범인의 위치를 찾아냈다.

"넌 도망 못 쳐."

나뭇가지 위에 서 있던 범인은 카이가 자신에게 날아오자 깜짝 놀라 달아나기 시작했다.

하지만 두 사람의 거리는 눈 깜짝할 사이에 줄어들었고, 결국 카이는 그가 뒤집어쓴 후드를 붙잡고는 그대로 바닥에 찍어버렸다.

콰드드드득!

수박이 깨지는 시원한 소리와 함께 산길에 거대한 균열이 일어났다.

"자, 어디 낯짝이나 볼까?"

놈이 쓰고 있던 후드를 거칠게 벗겨낸 카이의 안색이 일그러졌다. 동시에 후드를 뒤집어쓰고 있던 스켈레톤이 천천히 고개를 들었다.

해골의 텅 빈 눈두덩에서는 칠흑의 연기가 피어올랐다.

-놀랍군.

녀석의 턱뼈가 달그락거리자, 변조된 음성이 흘러나왔다.

-기존에 계획했던 거리보다 훨씬 먼 곳에 위치하고 있었는

데, 이것마저 발각될 줄이야…… 보험을 들어놓기를 잘했어.

생각보다 훨씬 치밀한 녀석이다.

스켈레톤의 눈두덩에서 흘러나오는 연기가 물결처럼 흔들렸다. 그 모습이 카이의 눈에는 마치 자신을 비웃는 것처럼 보였다.

'링크인가.'

흑마법사의 스킬 중 하나로, 자신의 소환수 중 하나를 직접 조종하는 기술이었다.

당연히 이 해골과 연결되어 있는 자는 자신의 얼굴을 볼 수 있고, 하는 말도 들을 수 있다.

-눈으로 보고도 믿기 힘든 실력이다. 중력을 조작하는 기술은 자탄을 레이드하고 얻었나?

"유저구나. 너 누구야."

-큭, 생각보다 성미가 급하군. 오늘은 간단히 인사만 건네러 온 것이다. 게다가 이럴 시간이 없을 텐데?

그 말을 끝으로 스켈레톤의 눈두덩에서는 더 이상 탁한 연기가 흘러나오지 않았다. 하지만 녀석의 뼈마디에 수천 개의 균열이 생기며 안쪽에서 하얀빛이 새어 나오기 시작했다.

"이런."

콰아아아아아아아앙!

흑마법사, 그중에서 네크로맨서 스킬을 올리는 자들의 주력 기술 중 하나인 뼈 폭발이다.

"……젠장."

빛의 방어막을 두른 덕분에 피해는 없었으나, 더럽고 찜찜한 기분까지 사라지지는 않았다.

하지만 이에 대한 생각을 이어갈 상황도 아니었다.

'리버티아.'

카이는 고민을 잠시 미뤄둔 채, 다시 한번 신출귀몰을 사용했다.

"다들 대피하십시오!"

"출구는 이쪽입니다!"

리버티아의 엘프와 인어들은 패닉에 빠진 관중들을 침착하게 통솔하는 중이었다. 하지만 상황은 시간이 지날수록 나빠졌다.

"뒤에 또 떨어집니다!"

"젠장, 대체 몇 마리나 떨굴 생각이냐!"

무려 세 번에 걸쳐 떨어지는 스켈레톤 군단!

각각의 스켈레톤은 크게 위협이 되지 않았다. 실제로 인어와 엘프들이 힘을 합쳐 형성한 전선에서는 오히려 승전보가 울리는 중이었다.

문제는 숫자였다.

쿠우우웅, 쿠우웅!

하늘에서 생긴 구멍에서 끝도 없이 떨어져 내리는 스켈레톤들. 지금만큼은 리버티아의 울창한 나뭇가지와 나뭇잎들이 적들을 위한 쿠션이 되어주었다.

바닥에 떨어진 스켈레톤들은 각자 자신의 두개골과 무기를 집고는 그 즉시 전투에 돌입했다.

지금까지 떨어진 것만 무려 4천 마리.

"죽여도 죽여도 끝이 나질 않는구나."

"영주님은 이럴 때 어딜 가신 거지?"

"아까 반응을 보면 다른 영지가 먼저 공격받은 듯합니다."

"감히 어떤 천인공노할 놈들이!"

인어 족의 국왕, 카리우스는 마법을 사용해 스켈레톤들을 쓸어버리는 중이었다.

그럼에도 불구하고 그의 안색은 어두웠다.

'우리의 마법은 강력하지만…… 뭍에서는 그리 오래 활동하지 못한다.'

즉, 자신들은 잠시 후면 다시 바다로 돌아가야 하는 전력이었다. 비전투 요원인 드워프들을 제외하면, 싸울 수 있는 이들은 엘프들밖에 없다는 뜻.

"여기도 난장판이네."

그 상황에서 그들의 영주, 카이가 돌아왔다.

"오오, 돌아왔는가!"

"가셨던 일은 어떻게 됐나?"

"그쪽은 무사히 잘 해결됐습니다. 오히려 이쪽이 훨씬 심각한 상태 같은데요."

"그대가 왔으니 큰 걱정은 없을 걸세."

"물론 저것들을 치우는 건 큰 문제가 아니죠. 다만……."

카이는 엉망이 된 대회장을 쳐다보며 얼굴을 일그러뜨렸다.

"혹시나 해서 묻는데, 인명 피해는?"

"계약할 장인들을 찾기 위해 다른 영지에서 보낸 인물들이 십수 명……."

"후우우."

그들 영지에서 이 사안을 문제로 삼아 따질 것을 생각하니, 벌써 머리가 아파 왔다.

"……어떤 놈들인지 한 번 걸리기만 해봐라."

정체를 알 수 없는 범인을 향한 카이의 분노는 상상 이상으로 거대했다.

카이가 등장한 이상 스켈레톤 군단의 패배는 이미 기정사실화된 상태였다. 문제는 카이도 팔다리가 각각 두 개씩 달려 있는 사람이라는 점이었다.

그가 아무리 강대한 힘을 가지고 있어도 한 손으로 열 손을 막을 수는 없는 법. 때문에 모든 스켈레톤을 정리했을 때, 리버티아가 받은 피해는 이루 말할 수 없을 정도였다.

"진짜로…… 진짜로 딱 한 번만…… 딱 한 번만 얼굴 보고 싶다."

한쪽 입꼬리를 쭈욱 올린 카이는 살벌한 미소를 지으며 엉망이 된 영지를 돌아보았다.

아침까지만 해도 리버티아의 풍경을 내려다보며 정말 아름다운 곳이라 했던 자신이 아니던가.

허나 수천 스켈레톤들은 애초에 리버티아를 공격해서 이길 생각이 없었다.

"포튼, 3구역은 좀 어떻던가?"

"말도 말게. 이쪽 구역보다 더 심해. 상점가는 다 파괴해 놨어."

"끄응. 정말 지독한 놈들이군. 작정하고 영지만 파괴하다니."

카이가 등장한 순간, 스켈레톤들은 행동 패턴을 변경했다. NPC들을 죽이는 게 현실적으로 불가능하다는 것을 깨닫고 영지를 파괴하기 시작한 것이었다.

엉망이 된 상점가를 쳐다보던 카이가 입을 열었다.

"복구하는 데 어느 정도의 시간이 걸릴까요?"

"으음……."

그 질문에 드워프들의 국왕인 카룬달이 몇 갈래로 꼬여 있는 기다란 수염을 만지며 말했다.

"다행히 영지의 주요 시설들은 멀쩡하네. 문제는 타격이 입은 곳이 상점가라는 것이지."

"······젠장."

사실 카이는 지금까지 리버티아를 발전시키는데 돈을 쏟아부었던 적이 없었다. 리버티아가 자체적으로 거두는 수익을 고스란히 투자했을 뿐이니까.

그래도 투자금의 일부가 허공으로 붕 떠버렸다고 생각하니 불쾌해지는 것은 어쩔 수 없었다.

"후우, 이미 일어난 일을 어쩌겠나. 차라리 좋게 생각하는 게 이롭겠군."

"······이 상황을 대체 어떻게 좋게 받아들이죠?"

카룬달의 말에 카이가 주변을 둘러보며 물었다.

"들어보게. 사실 리버티아가 처음 개발될 때만 해도 우리 종족은 없었어."

그의 말처럼 처음 리버티아가 만들어졌을 때는 인어 족과 엘프 족만이 있었다.

"그랬지요."

"때문에 훗날 우리가 리버티아의 새 식구가 되었을 때, 사실 난감한 부분도 없잖아 있었네."

인어와 엘프와 드워프들은 각각 고유의 문화를 가지고 있다. 그러한 부분은 건물 양식에서부터 차이가 났는데, 사실 엘프와 인어들이 그 문제로 의견 충돌이 일어날 일은 없었다.

'인어들은 집을 바닷속에 짓고 사니까.'

허나 뒤늦게 합류한 드워프들의 경우에는 조금 달랐다. 그들은 엘프들과 함께 지상에서 생활을 해야 하기 때문이다.

물론 엘프들의 거주지는 거대한 나무 곳곳에 달려 있었지만, 그들이 지상에 지어놓은 상점가는 얘기가 달랐다.

"상점가의 건물 배치는 비효율적인 부분이 없잖아 있었지."

"그 부분은 저희도 인정해요. 세계수님과 함께 엘프의 숲에 살 때는 그런 시설들이 필요 없었으니까 지어본 경험이 없거든요."

엘프들의 여왕 엘라니아가 고개를 끄덕이며 자신들의 실수를 인정했다.

"그러니 그런 부분을 깨끗하게 개선해서 새로운 상점가를 만드는 게 좋을 것 같군."

"끄응, 그 부분은 편한 대로 진행하세요."

"대회는 어쩔 셈인가?"

"후우."

가장 큰 문제는 천하제일야장대회였다.

"어쩌겠어요. 일정 모두 캔슬하고 상점가가 복구되면, 날짜 새롭게 잡아서 그때 진행합니다."

"구경을 위해 몰려든 사람이 많네만……."

"양해를 구해야죠. 이 상황에서 대회를 계속 진행할 수는 없잖아요?"

이미 완파가 되어버린 대회장과, 리버티아의 곳곳을 보수하는 것이 먼저였다.

"어쩔 수 없군. 그럼 한 달 동안 상점가를 새롭게 보수하고, 대회도 그때 여는 것이 어떤가?"

"좋네요. 아, 그리고 오늘 같은 일이 다시는 안 일어났으면 좋겠습니다."

"적들의 침공 말인가?"

"예. 굉장히 불쾌하네요."

자신이 있는 이상 영지는 안전하다고 생각했다. 게다가 엘프와 인어 족은 기본적인 전투력을 갖추고 있기에 걱정도 크게 하지 않았다.

'하지만 오늘의 일을 겪으면서 생각이 바뀌었어.'

리버티아의 보안은 상상 이상으로 약했다. 물론 엘프와 인어들이 약하다는 말은 아니었지만, 오늘처럼 상대방이 물량공세를 취한다면 막는 것이 힘들 정도였으니까.

'모르고 있었다면 한 번은 당할 수 있어. 하지만 같은 일에 두 번이나 당한다면⋯⋯.'

그건 더 이상 실수 따위가 아니라 본인의 '무능'을 나타내는 꼴이었다.

"아주 꼭꼭 숨어라. 머리카락 안 보이게."

카이는 자신의 눈을 피해 꼭꼭 숨어버린 범인들을 향해 짤막한 경고를 남겼다.

리벤지 길드. 스팅과 골리앗이 손을 잡고 만든 길드의 첫 행보는 나쁘지 않았다.

카이가 보유하고 있는 두 개의 영지를 동시에 공격했고, 소기의 성과를 이뤘으니까.

심지어 그가 자신들의 정체를 유추할 만한 흔적은 절대 남겨두지 않았다.

그야말로 성공적인 잽(Jab).

하지만 스팅의 안색은 생각보다 어두웠다. 그는 무언가 크게 충격을 받은 표정을 짓고 있었다.

"표정이 왜 그러나?"

골리앗의 질문에 스팅이 천천히 입을 열었다.

"원투 펀치는 확실히 들어갔다. 불의의 일격이었으니 아직까지 얼얼한 기분이 느껴질 거야. 무엇보다 천하제일야장대회의 일정이 캔슬되었으니 화도 많이 날 테고."

"그렇지. 모든 것이 우리가 원하는 대로 되지 않았나. 조금 더 기뻐해도 될 텐데?"

"······후우. 네가 놈의 힘을 직접 목격했다면 지금처럼 태연하지는 못할 거다."

두 손으로 자신의 얼굴을 쓸어내린 스팅이 지친 기색으로 말을 이었다.

"아무리 생각해도 이해가 안 되는군. 서로 똑같은 신화 직업일 텐데 어떻게 이렇게까지 능력의 차이가 날 수 있는 거지?"

"놈이 신화 직업으로 전직하고 얼마나 긴 시간이 흘렀을지 생각해 봐라. 우리는 전직한 지 이제 고작 한 달이 되었어."

"내가 바보 멍청이로 보이나? 그 부분도 당연히 고려해 봤다. 하지만 그럼에도 불구하고…… 끄응, 아니 차라리 직접 보여주는 편이 빠르겠군."

스팅은 자신이 녹화했던 영상을 곧장 골리앗에게 전송했다.

"흐음. 대체 어느 정도 실력이기에 그런 반응을 보이는지, 한번 구경이나 하지."

대수롭지 않게 영상을 재생한 골리앗의 표정은 시시각각 변해갔다. 처음에는 긴장, 두 번째는 당황, 놀라운 것은 그다음으로 찾아온 행복이었다.

"미친 건가? 내 눈이 잘못된 게 아니라면 굉장히 행복해 보이는군."

스팅이 시비를 거는 목소리로 비아냥거렸다.

이에 골리앗은 씨익 웃으며 제 주먹으로 반대쪽 손바닥을 두드렸다.

"재미있지 않나. 기본적인 스펙 자체가 높은 것도 있지만 그와는 별개로 싸우는 방법 자체가 대단해. 그를 제외하고 또 어떤 플레이어가 이런 식으로 싸울 수 있을까?"

"없다. 그래서 문제지."

"큭, 두려운가?"

골리앗의 질문에 스팅이 그를 차갑게 노려봤다.

"날 도발하지 마. 안 그래도 오늘 기분이 더러우니까."

"그렇게 받아들였다니 유감이군."

어깨를 으쓱거린 골리앗이 가볍게 턱을 어루만졌다.

"확실히 네 기분이 안 좋아 보이는 이유는 알겠어."

"그놈이 강한 건 알고 있었지만 이토록 말도 안 되게 강하다
는 건 몰랐다. 혹시 랭킹 2위인 유하린과 3위인 크리스도 이
정도로 강력한 건가?"

불과 몇 시간 전, 자신 있게 랭킹 3위 안에는 들 것 같다고
말했던 스팅이 불안을 내비쳤다.

"아까 전의 패기는 다 어디로 간 거지? 걱정하지 마라. 그가
비정상적으로 강한 것뿐이지, 우리가 약한 게 아니니까."

"흐음. 아니, 아무래도 우리의 계획을 시작하기 전, 변수가
될 수도 있는 최상위권 랭커들의 실력은 확실하게 짚고 넘어가
는 편이 좋을 것 같다."

"흥미롭군. 랭커 사냥이라도 하겠다는 소리처럼 들리는데?"

"못할 것도 없지. 쟈오 린이 일을 실행하기 전에 어떻게 하
는지는 알고 있나?"

"알지. 돌다리를 두드려 보다가 부숴 버리고, 그 옆에 자신이 다리를 새로 짓는 미친놈이니까."

"그 정도까지는 아니더라도, 꼼꼼하게 살피는 것은 나쁘지 않다고 생각한다."

"인정한다. 게다가 예전부터 유하린, 그 여자와는 한 번쯤 붙어보고 싶었어."

카이의 압도적인 전투력에 겁을 집어먹은 두 사람의 행동은 더욱 소극적으로 변해갔다.

"그리고 얻은 것이 아예 없는 것도 아니야."

스팅은 자신이 스켈레톤과 링크를 하고 있을 때, 카이와 짧은 대화를 나눈 것을 떠올리며 입꼬리를 말아 올렸다.

"지킬 것이 있는 자는 강하다. 하지만 역설적으로 지킬 것이 너무 많으면 약해지는 법이지."

"우리가 파고들어야 할 부분이 바로 그 부분이군."

"그래. 그가 아무리 대단한 능력을 지니고 있다고 해도 우리와 똑같이 팔 두 개, 다리 두 개가 달린 인간이다. 각기 다른 장소에서 동시에 벌어지는 일을 해결하지는 못하지."

오늘의 전투에서 카이를 공략할 실마리를 찾은 두 사람은 미래를 기대했다.

"확실한 겁니까?"

카이가 리버티아 상공을 뒤덮은 얇고 푸른 막을 쳐다보며 물었다.

그러자 인어 족의 국왕, 카리우스가 자신만만한 목소리로 말했다.

"우리 인어 족의 마법을 너무 얕보는군. 자네도 알고 있잖은 가? 우리들의 왕국인 아쿠아베라에는 공간인식저해 마법 결계가 씌워져 있다는 것을."

물론 카이도 익히 알고 있었다.

그 덕분에 아쿠아베라는 나가들의 끈질긴 추격에도 불구하고 살아남았으니까.

"그럼 저것도?"

"물론 공간인식저해와는 성질이 조금 다르네. 리버티아는 아쿠아베라처럼 계속해서 위치를 변경할 수가 없지 않은가."

"그렇죠."

"때문에 강화보호결계를 둘러놨네."

"강화보호결계라…… 효과는요?"

"우선 외부에서 독단적으로 텔레포트 게이트를 연결시킬 수 없을 걸세. 외부에서 신호를 보내면 우리가 자체적으로 판단한 뒤, 게이트를 열어줄지 말지 판단을 할 수 있게 된 셈이지."

"좋군요."

카이의 안색이 눈에 띄게 밝아졌다.

이번처럼 까마득한 상공에서 텔레포트를 이용해 스켈레톤들을 떨어트리는 방법은 대처하기 까다로웠기 때문이다.

"물론 이 정도의 결계를 계속해서 유지하려면 그만한 돈이 들어가네."

"상관없습니다. 돈은 신경 쓰지 말고 계속 보호막을 유지해 주세요."

"돈 많은 영주님이 있어서 이런 부분은 좋군."

카리우스가 씨익 웃자, 카이는 내친김에 다른 부분도 요구했다.

"가능하다면 다른 두 개의 영지에도 같은 결계를 치고 싶은데, 가능합니까?"

"못할 거야 없지. 대신 결계를 유지, 보수해야 할 마법사가 그곳에 거주해야 하네."

"인어 족에서 지원자를 뽑아서 진행해 주십시오. 보수는 넉넉하게 준다는 말도 빼먹지 마시구요."

카이는 지갑을 여는 데 거침이 없었다. 아니, 오히려 돈을 써서 영지의 안전을 도모할 수 있다는 사실에 감사함을 느낄 정도였다.

'기습을 당한 게 제법 기분은 나쁘지만 오히려 도움이 된 부분도 있어.'

이렇게 당할 수도 있다는 걸 모르고 있었다면, 훗날 크게 화를 입었을 수도 있었으니까.

지금에라도 부랴부랴 대비를 할 수 있는 건 그나마 안심이 되는 부분이었다.

'자, 그럼 숙제가 하나 생겼구나.'

물론 이렇게 대비를 할 수 있도록 도와준 습격자 놈에게 감사를 표할 생각 따위는 없었다.

'놈에게 줄 수 있는 건 내 주먹뿐이지.'

카이는 그 어떤 흔적도 남기지 않은 녀석을 뒤쫓기 위해 자신의 여신님을 방문했다.

92장
뒤끝 있는 놈

천상의 정원은 언제나 그렇듯 평화로운 분위기였다.

'헬릭 님은?'

정원을 두리번거리던 카이는 저 멀리 꽃밭에 엎드려 그림을 그리고 있는 헬릭을 발견했다. 그녀의 작은 손에는 크레파스가 꼬옥 쥐고 있었고, 기분이 좋은지 두 다리를 까딱거리며 콧노래를 흥얼거리고 있었다.

'흐어어, 치유된다.'

그 평화로운 광경에?

카이는 분노가 살짝 누그러졌다.

상사에게 깨진 아버지가 야근을 끝내고 집에 돌아와서 딸아이를 보면 이런 기분일까.

카이는 아버지들의 마음에 공감하며 그녀에게 다가갔다.

"음? 이건……."

가까이 다가간 카이가 살짝 놀란 표정을 지었다. 그녀의 주변에는 미술실에서 흔히 볼 수 있는 이젤이 몇 개 세워져 있었는데, 하나같이 대단한 수준의 그림들이 걸려 있었다.

'우리 헬릭 님에게 그림 재능이 있었나?'

카이는 마치 딸아이의 재능을 발견한 열혈 학부모처럼 기뻐하며 그녀를 불렀다.

"헬릭 님!"

"응? 언제 왔느냐."

자신이 가까이 다가올 때까지 눈치채지 못할 정도로 그림 그리기에 집중한 듯하다.

"이게 다 헬릭 님이 그리신 겁니까?"

카이는 그림 한 점을 집어 들며 감탄했다. 그림 속에는 자신이 그려져 있었는데, 거울을 볼 때보다 몇 배는 더 잘생겨 보였다.

이에 헬릭이 베시시 웃으며 말했다.

"헤헤. 내가 만든 것이니라."

"하하. 헬릭 님. 그림은 만들었다고 하는 것이 아니라, 그렸다고 하는 거예요."

깨알 같은 국어 교육까지!

하지만 헬릭은 고개를 갸웃거렸다.

"응? 만든 거 맞는데…… 일단 좀 기다려 보거라. 다 끝나가니."

다시 도화지로 고개를 돌린 헬릭은 정신을 집중하며 그림을 마저 그리기 시작했다.

'이번엔 뭘 그리고 계신 거지?'

슬쩍 호기심이 동한 카이가 그녀의 어깨너머로 그림을 엿보였다.

"응?"

그리고 당황했다. 그는 곧장 자신이 들고 있던 초상화와, 헬릭이 그리고 있는 그림을 비교했다.

'이게 같은 사람이 그린 거라고?'

헬릭이 신나게 그리고 있는 그림은 딱 유치원생 수준, 그 이상도 이하도 아니었다. 반면에 자신의 초상화는 유명한 화가가 그렸다고 생각될 정도로 잘 그려놓았다.

그 상황을 이해할 수 없던 카이가 두 점의 그림만 번갈아가며 쳐다보자, 헬릭이 소리쳤다.

"다 그렸다!"

잔뜩 신이 난 그녀는 크레파스를 내려놓고 두 손으로 그림을 들어 올렸다. 그림 속에는 그녀가 며칠 전 방문했던 아르칸 아카데미의 그림으로 추정되는 무언가가 그려져 있었다.

"헬릭 님, 그건…… 혹시 아르칸 아카데미를 그리신 겁니까?"

"당연한 걸 묻는구나. 척 보면 모르겠느냐."

'척 봐도 모르겠어서 묻는 건데…….'

속내를 숨긴 카이가 어색한 미소를 짓자, 헬릭이 비어 있는 이젤에 그림을 걸었다. 그러자 황금빛 신성력이 번쩍! 하고 빛나더니 그림이 바뀌었다.

"……."

마치 아르칸 영지를 사진으로 찍은 것 같은 수준의 대단한 퀄리티!

감탄밖에 안 나오는 그림을 바라보며, 카이는 실제로 감탄했다.

"와, 이거 사기 아닙니까?"

"흥. 그래서 내가 말했지 않느냐. 그린 것이 아니라 만든 것이라고."

오늘도 한 점의 그림을 새롭게 만들어낸 헬릭은 그제서야 카이에게 시선을 던졌다.

"그런데…… 오늘은 기분이 상당히 나빠 보이는구나. 무슨 일이라도 있었느냐?"

그녀의 질문에 잊고 있던 자신의 방문 목적을 떠올린 카이가 자초지종을 설명했다.

"헉! 그런 나쁜 놈들이 있단 말이더냐?"

헬릭이 깜짝 놀라 반문했다.

"있습니다. 아주아주 나쁜 놈들이에요."

"정말로 정말로 나쁜 놈들이구나."

"그래서 말인데, 혹시 헬릭 님이라면 그들이 누구인지 알 수 있지 않을까 싶어서요."

카이는 말을 꺼내며, 놈들이 소환했던 스켈레톤의 뼈 조각을 내밀었다.

"가능하시겠습니까?"

"우웅. 나는 추적에 관한 능력이 전무하지만……."

뼛조각을 이리저리 살펴보던 헬릭이 고개를 끄덕였다.

"앗, 알겠다! 이 기운, 마기로구나!"

"……마기라구요?"

"웅! 모를 수가 없느니라. 이 기운은 앙골모아 녀석의 기운이니까."

그녀의 확답을 들은 카이가 의외라는 표정을 지었다.

마기를 다루는 이라면 지르칸이 속해 있던 NPC 세력, 마왕 추종자와 연관이 있을 터.

'그렇다면 이야기가 흥미롭게 돌아가는데.'

범인이 스켈레톤과 링크되었을 때, 그는 자신이 유저라는 것을 부정하지 않았다.

즉, 상대는 마기를 사용하는 유저라는 뜻.

카이가 알기로는 아마 그 녀석이 최초일 것이다.

'그런데 그런 놈이 대체 나한테 무슨 원한이 있다고?'

아무리 생각해도, 표면적으로 자신과 척을 진 유저들은 타이탄 길드와 검은 벌…….

"어?"

순간 카이의 정신이 번쩍 트였다.

'잠깐, 그러고 보니 지난번에 설은영이 분명히 경고한 적 있었지?'

그녀는 골리앗과 스팅, 두 사람이 손을 잡고 일을 꾸미는 것 같으니 조심하라는 말을 남겼다.

'골리앗이 그 짧은 시간에 마법을 배웠을 리는 없어. 무도가로서 쌓아 올린 스탯이 아까워서라도 그 짓은 못 하지.'

하지만 과연 이번 일을 스팅이 독단적으로 저질렀을까?

'그럴 리가.'

냉정하게 말해서, 스팅과 골리앗 중 머리가 좀 더 돌아가고 이성적인 사람을 꼽으라면 단연 스팅이었다. 그가 자신에게 패배한 이유는 멍청해서가 아니라, 오만한 성정과 더불어 자신을 얕보고 있었기 때문이니까.

'설은영이 경고했던 대로, 뭔가 꾸미고 있는 것 같긴 한데…….'

카이는 그게 이번 일은 아닐 것이라고 확신했다.

'이렇게 구멍이 숭숭 뚫려 있는 일을 꾸미는 데 오랜 시간이 걸렸을 리는 없어. 아마 이번 일은 즉흥적으로 저지른 일이겠지.'

왜냐하면 천하제일야장대회가 모두의 주목을 받으며 진행 중이었으니까.

자신의 명성에 흠집을 내고 싶은 이라면 놓칠 수 없는 기회이기는 했다.

"마기를 다루는 직업이라…… 히든 클래스인가?"

하지만 그 사실이 두렵지는 않았다.

'히든이든, 아니든 무슨 상관이야.'

정면에서 모두 부숴 버릴 자신이 있었으니까.

하지만 만약 그가 마족들을 소환할 수 있다면, 이야기가 조금 달라질 수도 있다. 자신은 아직 마족들이 얼마나 강한지 알지 못하니까.

그래서 질문했다.

"헬릭 님. 마족들은 강합니까?"

"응? 글쎄……."

헬릭이 고개를 옆으로 기울였다.

"강한 개체도 있고, 약한 개체도 있지."

"지금 저와 비교하면 전체적으로 어때요?"

"그대 정도의 수준이라면……."

헬릭은 세상 진지한 표정을 짓더니, 주머니에서 알사탕 하나를 꺼내 포장지를 벗겼다.

사탕을 입안으로 쏙 집어넣자 한쪽 볼이 툭 튀어나오는 헬릭.

그녀는 그 상태에서 말했다.

"악마족 중에서는 중간 정도일까?"

"……중간이요?"

카이가 적잖은 충격을 받은 표정으로 말했다.

자신이 누구던가?

레벨만 500에 근접해가는 부동의 랭킹 1위 플레이어다. 뿐만 아니라 태양의 사제라는 직업을 지니고 있고, 각종 신들의 비호를 받는 그의 능력치는 동레벨 최강. 심지어 레벨 차이가 몇백이나 나는 적들과도 비등하게 싸울 수 있을 정도의 능력치를 지닌 그였다.

'그런 내가 고작 중간이라고?'

카이가 믿을 수 없다는 표정을 짓자, 헬릭이 입꼬리를 살짝 올리며 웃었다.

"왜, 못 믿겠느냐?"

"아니, 헬릭 님이 말씀하는 거니 못 믿는 건 아닌데……."

"하지만 그대의 표정은 그럴 리 없다고 말하는 것 같다만."

그 말에 카이가 뜨끔한 표정을 지었다.

'이럴 때만 어린아이 같지 않다니까.'

카이는 그녀의 날카로운 눈치에 사실을 인정했다.

"솔직히 상상이 잘 가지 않아서 그래요. 만약 제가 마족들 중에서 중간 정도 수준이라면, 대체 얼마나 강력한가 싶어서요."

"카이여. 모든 일에는 이유가 있는 법. 괜히 중간계와 마계, 천계가 나뉘어 있는 것이 아니다."

헬릭은 마치 손자에게 옛날이야기를 해주듯, 부드러운 목소리로 말을 이었다.

"먼 옛날 옛적에는 천계와 마계, 중간계라는 구분 자체가 없었느니라. 하지만 천사와 악마족의 힘은 워낙 강대했고, 당시 인간을 비롯한 아인종들의 힘은 너무나도 약했지. 마나라는 기운을 이해하지 못한 존재들이 감당하기에는, 천사와 악마족의 싸움이 너무나도 힘겨웠다."

"고래 싸움에 새우 등이 터진 격이로군요."

"좋은 비유구나. 그 말이 맞다. 그래서 그 꼴을 두고 볼 수 없었던 주신께서 차원을 나누셨지."

헬릭의 눈앞으로 동그란 빛이 하나 떠올랐다.

"신과 그들을 모시는 천사들이 기거하는 천계."

그 옆에 생성되는 칠흑의 구.

"악마족들이 거주하는 지옥의 땅, 마계."

이윽고 두 개의 구가 융합하더니, 거대한 행성 하나가 만들어졌다.

"마지막으로 천계와 마계, 그 두 차원의 성질을 절묘하게 섞은 것이 인간을 비롯한 생명체들이 살아가는 중간계. 주신께서는 세상을 이렇게 세 개의 차원으로 나누셨지."

헬릭이 손을 휘젓자 행성이 크게 팽창하며 두 사람을 덮쳤다.

카이가 움찔하며 반응을 하려 했지만, 거대화된 행성은 두 사람에게 아무런 피해를 입히지 않았다.

"이건……."

카이는 한눈에 알아볼 수 있었다. 비록 텅 비어 있는 대륙이라지만, 평소 자신이 활동하던 대륙을 못 알아볼 리는 없었으니까.

카이가 재미있다는 표정을 짓자, 헬릭이 다시 한번 손을 휘저었다. 그러자 수십 마리의 드래곤이 허공을 유영하더니 세계 곳곳으로 흩어졌다.

"주신께서는 자신에게 도전한 하위 신들을 드래곤이라는 생물로 재가공하여 중간계를 관리할 생명체로 임명…… 했으나. 천적이 사라진 인간과 아인종들의 발전 속도는 모두의 예상을 깨부쉈지."

아무것도 없던 대륙 곳곳에 문명이 일어나기 시작했다. 새로운 문명이 세워지고, 덧없이 사라지고, 그 위에 또 새로운 문명이 일어섰다.

처음에는 세력의 규모도 작았고, 건축물들도 움막에 불과했다. 하지만 시간이 흐르며 세력이 규모는 점점 비대해졌고, 성과 같은 거대 건축물들이 세워졌다.

그렇게 수천 년의 시간이 흘러 완성된 것이 현재.

인간이 만든 두 개의 제국과 세 개의 왕국, 그리고 수많은 아인종들의 도시와 왕국이었다.

"이 땅에 이런 역사가 있었다니…… 멋있네요."

비록 게임이라지만, 한 행성의 발전 과정을 목도한 카이가 몽롱한 표정을 지었다.

"재미있지 않느냐. 이제 인간과 아인종들은 드래곤의 힘조차 두려워하지 않는다. 그대만 해도 혼자서 사룡을 처치했지."

헬릭은 허공에 떠오른 대륙을 사랑스럽다는 눈빛으로 쳐다보았다.

하지만 그것도 잠시, 그녀의 얼굴 위로 그림자가 드리워졌다.

"평화로운 나날들이다. 하지만 기나긴 평화가 앗아간 것들도 있느니라."

헬릭이 가볍게 박수를 치자, 대륙이 모습이 바뀌었다. 평화롭기 그지없는 모습에서, 매일 같이 전쟁이 일어나고 피 튀기는 싸움이 벌어지는 전장으로.

"바로 투쟁심이지. 길었던 평화는 인간들에게서 투쟁심을 앗아갔고, 나태를 안겨주었지. 반면 마계는 어때 보이느냐."

"미친 동네 같은데요."

카이가 잠시도 고민하지 않고 답했다.

"멋진 표현이구나. 그래, 마계는 약한 자가 죽어 마땅하고 강한 자만이 살아남는 지독한 공간이다. 매일을 싸움으로 시작하고, 싸움으로 끝내는 이상한 세계지."

"……그런 곳에서 살아남은 놈들은 강하겠군요."

"그래. 그리고 그중에서도……."

마계의 대륙은 다섯 개의 영역으로 나뉘어 있었다.

"현재 마계에서 마왕의 칭호를 쓸 수 있는 존재는 단 하나. 앙골모아뿐이다."

"그 녀석이 마계를 제패한 겁니까?"

"아니. 하지만 자신 이외의 존재가 마왕의 칭호를 쓰면, 그 녀석의 목부터 따버리겠다고 선언했지. 때문에 이전에는 다섯 명이었던 마왕이 한 명으로 줄어들었고, 대신 네 명의 마계 대공이 탄생한 것이다."

"앙골모아라는 녀석이 대체 얼마나 강하길래요?"

"그냥 강하다. 그 어떤 수식어 없이, 그냥 강하다는 말로 모든 것이 설명될 정도로 강하다."

"혹시 손가락을 한 번만 튕겨도 인류의 절반을 없앨 수 있을 정도로 강합니까?"

카이의 질문에 헬릭이 시무룩한 표정을 지었다.

"아, 아니…… 그건 나도 못 하는데……."

오도독, 오도독.

천상의 정원에서 묘한 소리가 울려 퍼졌다.

꽃밭에 쭈그려 앉아 있던 카이는 한쪽 손으로 제 눈썹을 긁으며 물었다.

"흐으음. 그러니까 마족 놈들은 되도록 피하는 게 좋다는 소리죠?"

"웅! 강한 놈들이니라. 게다가 좀 끈질긴 면도 있…… 더 다오."

"넵."

카이는 봉지에서 길쭉한 과자 하나를 더 빼 들고는 헬릭에게 내밀었다.

오도독, 오도독.

자신의 손에 달라붙어 오도독 소리를 내며 빼빼로를 씹어 먹는 헬릭. 그녀는 세상을 다 가진 듯 행복한 표정을 지으며 입을 오물거렸다.

"일단 알겠습니다. 헬릭 님께서는 추적술을 모른다고 하시니…… 어쩔 수 없이 스스로 알아봐야겠네요. 그래도 범인의 정체는 대강 유추해 낸 것 같아 다행입니다."

카이는 제 손을 붙잡고 있는 헬릭의 작은 두 손을 바라보더니, 그녀의 머리를 쓰다듬었다.

그러자 카이의 손가락에 묻은 초콜릿을 먹을지 말지 고민하고 있던 헬릭이 고개를 들었다.

"추적술을 원한다면 천공의 신을 한번 찾아가 보거라."

"천공의 신이라면……."

매의 목격자 칭호를 선물해 줬던 바로 그 신이었다.

'분명히 상반신이 조류로 되어 있던 신이었지?'

조금 더 정확히 말하자면 그는 붉은색 깃을 지닌 독수리 인간이었다.

"그가 추적술에 능합니까?"

"웅. 별로 친한 사이는 아니었지만…… 그대가 연회를 열어 준 덕분에 간간이 교류를 하게 되었느니라."

"그거 다행이네요."

딸 아이가 어느 날 친구가 생겼다고 고백을 하면 이런 기분이 들까?

조금 부끄러운 표정을 짓고 있는 헬릭을 흐뭇하게 쳐다보던 카이가 자리에서 일어났다.

"우선 혼자 힘으로 한번 찾아보겠습니다. 안 되면 그를 찾아가 보죠."

현재 자신은 여러 신들과 우호적인 관계를 맺고 있는 사이다. 하지만 연회 한 번에 헬릭처럼 친해질 수는 없는 법.

'부탁을 한 번 하면, 그것으로 빚은 없다고 생각하겠지.'

될 수 있으면 신들의 도움은 최후의 최후까지 남겨놓고 싶은 것이 카이의 솔직한 심정이었다.

"……떠나는 것이냐?"

카이가 자리에서 일어나자, 헬릭이 울적한 표정을 지으며 다급히 그의 소매를 붙잡았다.

"헬릭 님……."

얼마나 외로우면 자신을 이리 애처롭게 바라보며 붙잡을까.

가슴이 먹먹해지려는 순간, 헬릭이 입을 열었다.

"갈 땐 가더라도, 내가 먹던 빼빼로는 주고 가거라……."

"……."

카이는 빼빼로를 주지 않고 천상의 정원을 떠났다.

[태양신 헬릭의 기분이 우울해집니다.]

[대륙을 비추는 햇빛의 세기가 약해집니다.]

"아이고, 우리 여신님 시무룩해지셨네."

카이의 입가에 떠올라 있던 진한 미소는, 복구 공사가 한창인 리버티아를 눈에 담는 순간 사라졌다. 구름처럼 부드러워 보이던 그의 미소는 순식간에 차갑고 무감정한 미소로 탈바꿈했다.

'나에게 선공을 날려놓고 이대로 끝내시겠다? 그럴 순 없지.'

최근에야 제법 평화롭게(?) 살고 있지만, 카이는 한 때 독종이라고까지 불리던 인간이었다. 단적으로 그와 안 좋은 일로 엮인 길드 중 간판을 멀쩡하게 걸고 있는 곳은 단 한 군데도 없을 정도였다.

붉은 노을, 붉은 주먹, 검은 벌, 타이탄…….

시골의 잡 길드부터 세계적인 길드까지. 자신에게 시비를 거는 이들이라면 예외 없이 주춧돌까지 무너뜨리던 게 바로 카이였으니까.

"오랜만에 열 좀 받네."

온몸에 피가 확 도는 듯한 그 기분이 싫지는 않았다.

"신출귀몰."

그가 이동한 곳은 다름 아닌 정보 길드였다.

"아이고, 기별을 주셨으면 마중을 나갔을 텐데요."

이번에도 지부장은 헐레벌떡 데스크까지 나와 카이를 맞이했다. 카이를 자신의 사무실로 안내한 그는 자리에 앉으며 우려를 드러냈다.

"혹시 지난번에 제공해 드린 정보에 무슨 문제라도……?"

"아뇨. 교사진들에 대한 정보는 유용하게 잘 사용했습니다. 학생들의 수업 만족도도 높고요."

"휴우. 다행입니다. 길드에서는 항상 최고의 정보를 다룬다고 자부하지만, 정보라는 게 항상 변화하고 발전하는 유동적인 것이라 절대적 확신은 가지지 못하거든요."

자신의 걱정이 설레발이었음을 알게 된 지부장은 머쓱한 표정을 지으며 물었다.

"그래서 이번에 방문하신 목적은 어떻게 되십니까?"

"정보 구매입니다. 특정 모험가들에 대한 정보를 사고 싶습니다."

"모험가들의 정보라…… 등급에 따라 가격이 천차만별입니다."

"모험가의 등급은 어떻게 산정됩니까?"

"기본적으로 해당 모험가가 지닌 명성과 힘에 비례하지요."

명성과 레벨이라는 뜻.

"구매를 원하시는 모험가들의 이름을 알려주시겠습니까?"

"조금 많아서 서류로 준비해 왔습니다."

카이는 인터넷에서 다운받은, 전 타이탄과 검은 벌 길드원들의 명단을 지부장에게 넘겼다.

그 명단을 받아든 지부장은 살짝 질린 표정으로 말했다.

"카이 님. 얼핏 보기에도 숫자가 천 명이 넘습니다만……."

"금액은 신경 쓰지 마시고 진행해 주세요. 특히 이 네 명의 인물에 대해서는 정보 길드에서 구할 수 있는 모든 정보를 원합니다."

카이가 지목한 이들은 골리앗과 스팅. 그리고 각각 그들의 오른팔이었던 신창 샌지와 빙제 라우스였다.

"음. 알겠습니다. 잠시……."

선반 쪽을 뒤지던 지부장은 얼굴을 찌푸렸다.

"이곳에 있는 자료는 그리 많지 않네요. 아무래도 본단 쪽에 문의도 해보고, 따로 길드원들을 풀어서 수소문을 해봐야 할 것 같습니다."

"기간이 얼마나 걸릴까요?"

잠시 고민을 하던 지부장이 어렵게 입을 열었다.

"저에게 사흘의 시간을 주신다면……."

"하루 드리겠습니다."

카이의 단호한 목소리에 지부장이 당황했다.

"그, 그렇게 갑작스러운 기간의 단축은 무리……."

철그렁!

카이는 금화가 듬뿍 담긴 궤짝을 테이블 위로 올려놓으며 뚜껑을 톡톡 두드렸다.

"말씀드렸을 텐데요. 금액은 신경 쓰지 않으셔도 된다고. 길드의 모든 역량을 총동원해 주십시오."

자신과 영지민들의 생명을 위협한 놈들의 흔적을 찾기 위한 투자다. 돈이 얼마가 들건 아까울 리가 없었다.

꿀꺽.

카이의 재력이 선사하는 위압감에 지부장은 식은땀을 흘렸다.

'대체 이 녀석들이 무슨 짓을 저질렀길래?'

사람 좋아 보이던 카이의 눈빛이 저렇게 날카롭게 빛날 정도라니.

"험험."

목소리를 가다듬은 지부장이 천천히 고개를 주억거렸다.

"정말로…… 금액은 신경 쓰지 않으십니까?"

"예."

"알겠습니다."

카이의 확답에 자신감을 얻은 지부장은 서랍에서 마법 수정구 하나를 꺼냈다.

그곳에 마나를 불어넣은 그는 곧장 누군가와 통화를 했다.

"예. 지금부터 보내 드릴 명단에 적힌 인물들의 위치와 기본적인 정보 좀 파악해 주십시오. 큰 건입니다. 예예. 물론이죠. 카이 님입니다. 예, 투입 가능한 길드원들은 전부 풀어주십시오. 그럼 부탁드리겠습니다."

수정구의 불이 꺼지자, 지부장이 밝은 미소를 지으며 말했다.

"하루 뒤에 뵙겠습니다."

띠리리리링!

미리 설정해 놨던 알람이 울리자 카이는 정보 길드의 문을 열려고 했다.

하지만 손잡이를 잡기도 전에, 문은 안쪽에서 열렸다.

"어제와 같은 실수를 반복할 수는 없지요."

빙그레 미소를 짓고 있던 지부장은 당당한 걸음걸이로 자신의 사무실로 향했다.

"우선 특별 요청하신 네 명을 제외한 나머지 인물들에 대한 정보입니다."

[모험가 정보 책자를 획득합니다.]

카이는 지부장이 건네는 두꺼운 책을 바라보며 살짝 놀란 표정을 지었다.

'이렇게 두껍다고? 하긴, 천 명이 넘으니……'

보통 길드에서 정보를 구매하면, 포춘 쿠키를 부쉈을 때 나오는 조그마한 종이 한 장. 딱 그 정도 크기에 정보들이 담겨 있는 경우가 대부분이었다.

물론 카이는 지난번 교사진에 대한 정보를 샀을 때 한 장짜리 양피지를 지급 받았다.

하지만 그로서도 이렇게 두꺼운 책자를 받는 것은 처음.

책자를 열자 가나다순으로 인물들의 정보가 상세하게 실려 있었다.

[가델]

직업 : 마법사

레벨 : 283

소속 세력 : 크로노스 길드

특이 사항 : 최근 경매장에서 [타오르는 잿빛 로브]를 구입.

착용 중인 장비 : 타오르는 잿빛 로브, 수상한 마법사의

지팡이, 녹두의 관……..

최근 목격 장소 : 알데바란 왕국, 보탄 영지의 '움직이는 미로'.

[가르비아]

직업 : 창술사

레벨 : 271

소속 세력 : 비스트 길드

특이 사항 : 레어 액티브 스킬인 [7단 찌르기] 입수 확인.

착용 중인 장비 : 개량된 기사의 창, 반짝이는 론의 방어구 세트, 하급 기사의 망토…….

최근 목격 장소 : 라시온 왕국, 아이스버그 영지의 '서쪽 사냥터'.

정보의 수준을 파악한 카이가 작게 감탄했다.

'훌륭해.'

이 정도 퀄리티의 정보라면 금액이 얼마가 들던 아깝지 않았다.

빠르게 책자를 훑던 카이의 눈빛이 어느 순간 변했다. 몇몇 유저들이 소속되어 있는 길드의 이름이 같다는 걸 발견했기 때문이다.

'리벤지 길드라…… 이놈들 봐라?'

그들이 무슨 생각을 하며 길드 이름을 지었을지 뻔히 내다보인 카이는 한 쪽 입꼬리를 말아 올렸다.

'재미있네. 그렇게 복수가 하고 싶었나.'

다 큰 남자들만 아니면 귀엽다는 생각이 들 정도의 네이밍 센스.

카이는 책자를 덮으며 추가 정보를 요구했다.

"여기 있습니다."

지부장은 거리낌 없이 특별 정보를 제공했다.

"역시."

카이는 고개를 끄덕였다.

예상했던 대로 라우스와 샌지, 골리앗과 스팅은 모두 리벤지 길드 소속이었다.

"그런데…… 골리앗과 스팅의 레벨과 직업은 물음표로 표시되어 있군요."

"아, 그게……."

카이의 질문에 지부장이 송구스러운 표정을 지었다.

"죄송합니다. 수백의 길드원들이 그들의 흔적을 이 잡듯 뒤져봤지만…… 알아낼 수가 없었습니다."

"위치도 찾아낼 수 없었단 말입니까?"

"……죄송합니다. 그들이 마지막으로 목격된 곳이 거기 적혀 있는 장소입니다."

"몽환의 숲이라…… 숨기엔 안성맞춤인 곳이군요."

리벤지 길드원들 몽환의 숲 인근의 도시에서 물품을 보급한 것을 마지막으로 자취를 감추었다.

단 한 명만을 제외하고 말이다.

'라우스.'

카이의 눈매가 가늘어졌다.

그는 스팅의 오른팔이자, 빙제라고 불릴 정도로 얼음 속성 마법을 잘 사용하는 이였다.

'이 녀석이 보급 담당인가.'

라우스만이 주기적으로 몽환의 숲 근처에 나타나는 것을 보면 거의 확실하다.

'그렇다면 뒤를 캐야 할 녀석은 이 녀석으로 정해졌다.'

결론을 내린 카이가 지부장에게 시선을 던졌다.

"금액은요?"

"크흠. 수백 명의 길드원이 투입된 점, 그리고 기존에 사흘이었던 시간을 하루로 단축시킨 점, 마지막으로 조사한 인물들이 천여 명이 넘습니다. 하지만…… 카이 님께서 특별히 신경써 달라고 해주신 이들에 대한 조사가 부족하다는 점을 감안해서, 저희 길드는 14,200골드라는 비용을 받기로 결정했습니다."

무려 14억 2천만 원에 해당하는 거금!

하지만 카이는 인벤토리에 그 거금을 선뜻 꺼내 지부장에게 건넸다.

"아, 그리고 비용이 비용인 만큼 A/S를 기대해도 되겠죠?"

"물론입니다. 추후 새로운 정보를 입수하게 되면 카이 님에게 연락을 드리겠습니다."

"좋군요."

만족스러운 거래를 마친 카이는 길드를 나와 근처의 카페로 향했다. 거대한 분수대가 보이는 카페 테라스에 앉은 그는 시원한 음료를 마시며 적들의 정보를 하나부터 열까지 파악하기 시작했다.

탁.

카이가 두꺼운 책자를 덮었다.

"오케이. 입력 완료."

제거해야 할 적들의 정보를 머릿속에 모두 저장했다는 뜻이었다. 분명 독서를 시작한 것은 오후였는데, 지금은 새로운 태양이 떠오르는 중이었다.

'거의 13시간가량이나 지난 건가.'

복수를 위해 앉은 자리에서 그 두꺼운 책을 모조리 외워 버린 카이.

그는 살짝 피곤한 표정을 지으며 관자놀이를 문질렀다.

'우선 잠부터 자자.'

자신이 잠에서 깨어나는 순간 리벤지 길드는 평생 잊지 못할 일을 겪게 될 것이다.

"어우 아직도 속이 쓰리네."

오늘도 쓰리 샷짜리 에스프레소로 강렬하고 짜릿한 아침을 맞이한 카이는 곧장 텔레포트 게이트에 몸을 실었다.

"어디로 이동하시겠습니까?"

"스미어 영지로."

"스미어 영지, 알겠습니다."

그가 게임의 접속과 동시에 한 번도 가본 적 없던 스미어 영지로 향한 이유는 간단했다.

'몽환의 숲.'

리벤지 길드의 흔적이 끊어진 곳이 바로 몽환의 숲이었고, 그 숲은 스미어 영지에 있었으니까.

"이곳이 스미어인가."

카이가 주변을 둘러보며 중얼거렸다.

스미어 도시는 그가 여지껏 가봤던 도시들과는 색다른 분위기를 자아내는 장소였다.

'음울한 기운의 도시.'

비도 자주 올뿐더러, 주변의 사냥터라고는 몽환의 숲이나 망자의 무덤처럼 귀신 아니면 언데드가 나오는 곳들뿐이었다.

'자, 이제 여기서 라우스의 흔적을 찾아야 해.'

그의 뒤를 밟아야 리벤지 길드가 숨어 있는 본거지를 찾을 수 있을 것이다.

카이는 그 뒤로 며칠 동안 영지에서 대기를 하며 각종 가게들 앞을 차례대로 지켰다. 만약 음식이나 장비 수리 키트를 대량으로 구매하려는 이가 있으면 몰래 따라다니기도 했다.

하지만 결론부터 말하자면 카이는 라우스를 발견하지 못했다.

'쯧. 가게가 너무 많아.'

스미어 도시는 프리카처럼 조그마한 마을이 아니다.

아야나가 살고 있는 화이트홀처럼 거대한 도시 중 하나.

당연히 도시 전체에 골고루 퍼져 있는 가게들만 수십 개에 이르렀다.

결국 카이는 자신의 한계를 인정했다.

'혼자서 라우스의 흔적을 찾는 건 무리다.'

이어서 옅은 한숨을 내쉰 그가 중얼거렸다.

"스미어 영지의 사탕 집에는 특별한 과자가 있으려나?"

사탕 집에서 밴시 모양의 젤리를 구매한 카이는 곧장 천상의 정원을 방문했다.

"흥!"

헬릭의 빵빵하게 부풀어 오른 두 볼이 그녀의 현재 기분을 말해주는 듯했다. 그녀는 여전히 토라진 상태였는지, 카이와 눈도 마주치지 않으려고 했다.

"헬릭 님. 화 푸시고 여기 젤리 좀 드셔보세요."

"……젤리?"

결국 카이의 노력 끝에, 극적(?)으로 화해를 한 두 사람이 대화를 이어나갔다.

"저번에 소개시켜 주신다는 천공의 신, 소개시켜 주세요. 혼자 뒤를 쫓는 건 아무래도 힘드네요."

"그러게 내가 뭐랬느냐. 나의 말을 들으면 자다가도 그…… 음……."

"떡이요?"

"웅! 떡이 나오느니라."

젤리 한 봉지를 순식간에 비운 헬릭이 카이의 소매를 잡았다.

"그럼 바로 천공의 신에게 데려다주도록 하마."

"부탁드립니다."

순식간에 시야가 바뀌었다.

두 사람이 이동된 곳은 제법 뾰족한 바위산의 정상.

"음?"

그곳에 양반 다리를 한 채 고고하게 앉아 있던 천공의 신,

이스카가 감고 있던 눈을 반개했다. 그는 하체는 인간, 골반 위로는 조류의 몸을 가지고 있는 독수리 인간이었다.

"손님들이 찾아왔군."

"이스카여, 잘 지냈느냐."

"그대와 그대의 사도가 신경을 써준 덕에 제법."

이스카가 바위 산 아래의 포대 자루를 가리키며 말했다.

그 안에는 여전히 맛있는 식량들이 제법 남아 있었다.

"아, 빈손으로 오긴 좀 그래서…… 연회 때 이걸 좋아하신다고 들어서 준비해 봤습니다."

카이는 미리 준비해 온 샌드웜들이 담겨 있는 포대 자루를 이스카에게 건넸다.

"호오?"

펄럭!

거대한 날개를 펼친 이스카는 순식간에 두 사람에게 다가오더니, 포대 자루 안쪽을 확인했다. 아직 살아 있는 신선한 샌드웜들이 꿈틀거렸다.

"신선한 샌드웜이라! 이게 얼마만의 별미인지 모르겠군."

기분이 제법 좋아 보이는 그에게 헬릭이 말했다.

"이스카여. 나의 대리인이 현재 누군가를 찾고 있는데, 추적술이 필요한 상황이다."

"흠. 추적술을 배우기 원한다면 제대로 찾아온 것 같군."

본인의 추적술에 큰 자부심을 느끼고 있는 이스카가 만족스러운 표정으로 고개를 주억거렸다.

"하지만 나의 추적술은 본래 아무에게나 전수해 주는 것이 아니다."

"물론 천공신의 기술을 대가 없이 배울 생각은 없습니다. 제가 뭘 해야겠습니까?"

카이가 살짝 긴장한 표정으로 질문했다.

"흐으음······."

부드러운 깃털로 덮여 있는 팔을 들어 제 턱을 어루만진 천공신이 입을 열었다.

"그대 덕분에 연회 때 즐거운 추억을 남기기도 했고, 오늘 이렇게 신선한 샌드위치도 받았으니 무료로 가르쳐 주고 싶네."

'됐어!'

이야기가 예상대로 흘러가자 카이가 주먹을 꽉 쥐었다.

하지만 천공신이 돌연 우울한 표정을 짓더니 말을 이었다.

"하나 그것과는 별개로, 이번 일이 끝나면 나를 한 번 더 찾아와 줄 수 있겠나?"

"그거야 큰 문제는 없습니다만······ 무슨 일인가요?"

"그대에게 따로 부탁할 것이 있네. 내가 맺은 열매들과 관련된 부탁일세."

'천공신의 열매라면······.'

카이의 머리가 빠르게 굴러갔다.

천공신을 나무라고 가정한다면, 그는 뿌리에 속한다.

그것도 땅속 깊은 곳에 단단하게 박혀 있는 뿌리.

'그렇다면 그가 맺은 열매는?'

당연히 그와 같은 형상을 지닌 존재들일 터.

카이가 헬릭에게 속삭이듯 물었다.

"헬릭 님. 혹시 세상에는 독수리 인간 일족도 있나요?"

"음. 그런 일족이 있는지는 모르겠지만, 조인족이라면 분명 있었지. 그리고 보니 그들을 못 본 지 꽤 오래됐구나."

'조인족!'

그녀의 대답에 머릿속이 맑아진 카이가 눈을 크게 떴다.

'하지만 조인족에 대한 정보는 커뮤니티에서 한 번도 본 적 없는데?'

엘프와 인어, 그리고 드워프 족까지.

카이가 알고 있는 아인종은 이렇게 크게 세 가지뿐이었다. 리버티아를 한창 건설할 때 혹시나 싶어 다른 아인종들도 찾아봤지만, 진척은 없었다.

'그렇다면⋯⋯.'

일반적으로는 공개되지 않은 종족이라는 뜻.

'히든 퀘스트다!'

눈을 반짝인 카이가 냉큼 고개를 끄덕였다.

"물론입니다. 이스카 님께서 추적술을 알려주신다면, 일이 끝난 뒤 이곳에 재방문하겠습니다."

"긍정적인 대답을 들려주어 고맙군."

이스카의 독수리처럼 날카롭던 눈매가 호선을 그리며 웃었다.

하나 그는 살짝 곤란하다는 표정을 지었다.

"그런데 그대는 날개가 없으니 하늘을 날지 못하지?"

"예."

"으으음. 나의 추적술은 가히 으뜸이라고 자부하나…… 기본적으로 하늘을 날아다닐 수 있어야 하거늘. 이를 어찌한단 말인가……."

이스카가 고민을 하며 끙끙거리자, 카이가 한 가지 대안을 제시했다.

"그렇다면 혹시 제가 아닌, 저의 소환수가 배울 수도 있나요?"

"그대의 소환수? 한번 보도록 하지."

"네. 강화 소환, 미믹."

뀨우.

마법진 위로 소환된 토끼는 낯선 장소를 둘러보더니, 카이의 발과 무릎, 팔을 밟더니 순식간에 어깨 위로 올라탔다.

이를 물끄러미 쳐다보던 이스카가 김빠지는 목소리로 말했다.

"……내 눈이 잘못되지 않았다면, 그대의 소환수는 토끼. 날개가 없기는 마찬가지 아닌가."

"예. 지금은 그렇지만…… 미믹, 와이번 폼."

명령이 떨어지자 미믹의 몸이 순식간에 수은으로 뒤덮이더니, 팽창하기 시작했다. 눈 깜짝할 사이에 고고한 와이번의 형상을 갖춘 미믹이 콧김을 뿜어냈다.

그러자 이스카가 재미있다는 표정을 지었다.

"호오. 신기한 생물이로군."

"따라쟁이 미믹이라고 합니다. 이 녀석이라면 이스카 님의 추적술을 배울 수 있을까요?"

"충분하다."

호언장담한 이스카는 미믹의 머리 위로 제 팔을 올렸다.

그러자 잠시 후, 카이의 귓가로 익숙한 알림 소리가 들렸다.

[미믹이 유니크 스킬, '천공의 주시자'를 습득했습니다.]

[천공의 주시자]

등급 : 유니크

효과 : 하늘을 맴돌며 특정 지역을 수색합니다. 수색한 지역의 정보를 파악할 수 있습니다.

특정 인물의 냄새를 맡아 대상의 현재 위치를 추적할 수 있습니다.

스킬의 숙련도가 높아지면 던전이나 매장된 광석에 대한 정보들도 알 수 있게 됩니다.

재사용 대기시간 : 1시간.

"오!"

카이가 감탄했다. 천공의 주시자 스킬은 솔플 활동을 하는 그에게는 그 정도로 유용한 스킬이었기 때문이다.

'이거, 앞으로 미믹을 자주 불러낼 이유가 하나 생긴 것 같은데?'

신규 지역을 방문할 때마다 미믹을 소환해 정찰을 보내면, 웬만한 정보는 얻을 수 있다는 뜻.

다른 게임과 비교하자면, 맵핵을 쓰고 게임을 하는 것과 다를 바 없는 기술이었다.

"정말 감사합니다. 이스카 님 덕분에 원하던 것을 찾을 수 있을 것 같습니다."

"도움이 되었다니 다행이군. 그대가 약속을 지킬 줄 아는 사람이길 바라네."

"물론입니다. 조만간 다시 한번 찾아뵙겠습니다."

정중하게 인사를 마친 카이는 헬릭의 손을 잡고 천상의 정원으로 돌아왔다.

"헬릭 님. 이스카 님과의 만남에 도움을 주셔서 감사합니다. 그럼 바빠서 먼저 가볼게요!"

황급히 떠나는 카이를 향해, 헬릭이 손을 흔들며 소리쳤다.

"올 때 젤리이! 많이이!"

몽환의 숲에 존재하는 이름 모를 던전은 평균 레벨 350의 몬스터가 나오는 장소였다.

콰아앙, 콰아앙!

현재 그곳의 보스룸에서는 치열한 전투가 한창이었다.

12명 정도의 유저들과 사투를 벌이는 존재는 거대한 유령인 밴시 여왕. 당연히 최상위권 랭커들만이 공략할 수 있는 고난이도의 던전이었다.

하지만 12명의 유저가 보스 몬스터를 공략하고 있음에도 불구하고, 어떠한 목소리도 들리지 않았다.

"크읏."

"젠장."

간간이 새어 나오는 것은 짤막한 욕지거리나 신음이 전부.

파티장이 지휘를 한다거나 명령을 내리는 일은 일절 없었다.

그 이유는 간단했다.

'밴시의 장막 생성됐다.'

'지금 마법 주문 날리면 두 배 반사 대미지야. 한마디로 엿 된다는 소리지.'

'궁수인 내가 나설 차례로군.'

그 자리에 위치한 모두가 사냥에 있어선 스페셜리스트였으니까.

-캬아아아아악! 미개한 인간들에게 당하다니!

결국 밴시 여왕은 통곡어린 비명을 뱉어내며 소멸했다.

파티의 리더는 그제야 입을 열었다.

"다들 수고했다."

"수고하셨습니다."

"생각보다 어렵진 않네요."

인사를 나누는 유저들 중 자리에 주저앉거나 쓰러지는 이들은 없었다.

그저 호흡을 짧게 쪼개며, 빠르게 기력을 회복할 뿐.

그 모습을 바라보던 파티장, 샌지는 흐뭇한 미소를 지었다.

'리벤지 길드는 강하다.'

감히 단언컨대, 25명 정도의 전력임에도 불구하고, 예전의 타이탄 길드보다 강하다.

물론 그 이유는 두 명의 공동 마스터 때문이었지만…….

'그 두 분을 제외하고도, 우리는 더 강해졌다.'

목표가 있는 사람은 정진한다고 했던가.

카이를 향한 복수심을 가슴에 품은 이들은 빠르게 성장했다.

'카이. 그 녀석과 정면 승부를 한다고 해도, 이제 밀리지 않을 자신이 있다.'

신화 등급의 히든 클래스를 지닌 두 명의 마스터들에 더불어 최상위권 랭커 21인.

지금 당장 세계 10대 길드 중 한 곳과 싸워도 밀리지 않을 전력이었다.

"던전 닫는다. 충분히 모두 나가자."

샌지는 파티원들을 이끌고 던전을 나섰다.

"아, 나오셨습니까?"

"고생 많으셨습니다."

혹시 모를 사태를 대비해, 던전의 입구를 지키고 있던 길드원들이 그에게 인사를 했다.

"그래. 별다른 문제는 없었나?"

"예. 개미 새끼 한 마리 접근하지 않았습니다."

"그렇다면 다행……?"

부하들의 보고에 고개를 끄덕이던 샌지가 문득 위화감을 느꼈다.

"샌지 님? 갑자기 왜 그러시는……."

"쉿!"

눈을 날카롭게 뜬 샌지가 자신의 검지를 입술에 갖다 댔다. 그런 그의 행동에 모든 길드원들이 침을 꿀꺽 삼키며 숨을 죽였다.

샌지는 그 상태에서 조용히 주변을 둘러봤다.

'누군가가 우릴 주시하고 있다.'

피부가 따끔따끔할 정도로, 아주 버젓이 자신들을 관찰하고 있는 존재가 있었다. 창술사가 경지에 이르면 배우게 되는 패시브 스킬, 오러 센스가 경고 중이었으니 확실했다.

'하지만…… 대체 어디지?'

전후좌우 어디에서도 주시자를 발견할 수 없던 샌지가 돌연 고개를 들었다.

'설마?'

보는 것만으로도 기분이 절로 다운되는 보라색 나뭇잎들의 너머. 푸르른 창공에는 한 마리의 와이번이 자유롭게 훨훨 날아다니고 있었다.

그리고 그 위에 앉아 있던 카이는 녹색 빛으로 물든 눈을 빛내며 웃었다.

"찾았다."

최강의 클래스가 과연 무엇인가에 대한 논쟁은, 거의 모든 게임에서 존재했다.

강력한 근접전을 펼칠 수 있는 전사 클래스. 한 방 한 방이 강력한 마법을 멀리서 쏘아내며, 다양한 상태 이상까지 유발하는 마법사. 심지어 엄청난 물량으로 전장을 주무르는 소환사 클래스까지.

모두 장단점과 개성이 각기 다른 직업들이었기에 이 논쟁은 몇십 년 동안 끝나지 않았다.

그리고 카이는 그러한 논쟁을 볼 때마다 이렇게 생각했다.

'뭐 저런 걸 가지고 싸우는지. 그 직업들의 장점만 모두 섞을 수 있다면, 그게 진짜 최강이지.'

논리적으로는 맞는 말이지만, 미드 온라인에서는 불가능한 이야기였다. 분배할 수 있는 스탯은 한정되어 있었고, 한 우물만 파도 그 끝을 보기 힘든 게임이었으니까.

만약 미드 온라인에서 그런 잡캐를 시도하는 이가 있다면, 그건 제대로 미친놈이거나.

"시작은 가볍게 인사만 해볼까."

신에게 열렬한 사랑을 받는 인간일 것이다.

우우우웅!

카이의 주위에 떠오른 마법진 네 개는 부드러운 톱니바퀴처럼 돌아가기 시작했다.

"이, 이런 미친!"

"저 새끼가 왜 여기에?"

그런 그를 올려다보던 리벤지 길드원들은 당황했다. 이 자리에 있어서는 안 될 인물 중 1순위인 그가 자신들의 머리 위를 맴돌고 있었으니까.

"……당장 후퇴한다."

오직 파티장인 샌지만이 차갑게 식은 이성으로 상황을 이해하고, 최적의 판단을 내렸다.

'언노운이 이 자리에는 왜 있는가?' 같은 질문은 이 상황에서는 불필요했다.

'당장 마스터들에게 이 사실을 알리고, 도망쳐야 한다.'

아직 리벤지 길드의 두 마스터는 카이를 상대할 준비가 되어 있지 않았다. 그것이 길드 회의에서 내려진 객관적인 평가였고, 사실이었다.

"모두 산개해서 도망쳐라!"

리벤지 길드원들은 마치 깨진 도자기처럼 제각각 다른 방향으로 도망치기 시작했다.

도망치는 적들을 내려다보던 카이가 고개를 흔들었다.

"못 보내주지."

우우우우웅!

동시에 스포츠카의 엔진처럼 육중한 소리를 뱉어내던 마법진이 불꽃을 토해냈다.

"헬 파이어."

순식간에 카이의 곁을 스쳐 간 네 개의 검은 불꽃은 그대로 지상을 향해 낙하했다.

그리고 지옥의 불길이 땅에 닿는 순간.

화아아아아악!

거세게 일어난 흑색 불길은 거대한 원을 그리며 연결되었다.

"이, 이게 뭐야?"

"미친…… 저 새끼는 이제 마법까지 써?"

"유니크 마법 주문을…… 성기사가 사용한다고?"

리벤지 길드원 중 절반은 한때 검은 벌 길드에 속해 있던 이들. 당연히 마법 스킬에 관한 지식은 그 누구보다 뛰어난 편이었다.

그들은 꽥 소리를 질렀다.

"이 머저리들! 당장 불길에서 떨어져!"

"2차 전직을 마친 사제라도 없는 이상, 지옥의 불길을 떨쳐 낼 방법은 없어."

멋도 모르고 헬 파이어의 벽을 지나가려고 했던 타이탄 길드 출신의 유저들이 침을 꼴깍 삼키며 황급히 뒤로 물러났다.

12명의 리벤지 길드원들이 헬 파이어의 벽에 갇히자, 샌지는 얼굴을 일그러뜨렸다.

'망했군.'

이 인원으로 카이와 싸워서 이길 생각을 하는 건, 그를 너무 무시하는 처사였다.

'어차피 죽게 될 거, 정보라도 최대한 캐낸다.'

결사의 의지를 드러낸 샌지가 창을 뽑아내며 말했다.

"전투 준비."

그 단호한 목소리에 정신을 차린 리벤지 길드원들도 각자의 무기를 뽑아 들었다.

그들의 행동을 가만히 내려다보던 카이가 피식 웃었다.

"궁지에 몰리니 한번 물어보시겠다?"

과연 쥐새끼들다운 선택.

하지만 아쉽게도 자신은 고양이 따위가 아니었다.

'같은 고양이과라도, 고양이랑 호랑이는 다른 법이거든.'

미믹을 역소환시킨 카이는 그대로 낙하하기 시작했다.

"저, 저 미친놈."

"자살이라도 할 셈인가?"

"그럴 리가……."

지상과의 거리가 30미터 정도 남았을 때, 카이는 자신의 몸에 중력장 스킬을 걸었다.

후우우웅!

정밀한 컨트롤로 중력을 조작한 카이는 깃털처럼 가볍게 땅에 착지했다.

이어서 주위를 둘러본 그가 말했다.

"반가운 얼굴들이 제법 보이네."

카이는 가장 가까이 있던 적에게 물었다.

"넌 타이탄 길드 소속이지? 수백 명이 덤볐을 때도 패배했는데, 길드원 25명으로 날 치는 게 가능하다고 생각해?"

"그, 그걸 어떻게⋯⋯."

"멍청한 자식! 대답해 주지 마라!"

샌지의 호통에 입을 열었던 길드원이 아차 한 표정을 지었다.

그 모습을 쳐다보던 카이가 피식 웃었다.

"설마 지금 떠보는 거라고 생각하는 건가?"

돌아온 것은 질문에 대한 답이 아닌 고함이었다.

"놈을 죽여!"

샌지의 명령과 함께 길드원들이 산개하며 카이의 사각지대를 자연스럽게 점했다.

'호오.'

예전보다 위치선정 능력과 움직임이 좋아진 것이 눈에 보일 정도였다.

'자, 그럼 시작해 볼까.'

누가 봐도 수적으로 열세를 떠안은 싸움이었지만 카이는 웃었고, 오히려 그를 상대하는 열두 명의 유저들이 긴장한 표정을 지었다.

"내가 너희들의 마스터들 때문에 스트레스가 조금 쌓였거든."

톡톡.

인터페이스를 활성화시킨 카이는 이를 조작하며 입을 열었다.

"그러니까, 난 그놈들이 나처럼, 아니, 나보다 스트레스가 더 쌓였으면 좋겠어."

동시에 채팅창에 댓글이 도배되었다.

-뭐냐 이거? 언노운 방송 실화?

-갑자기 뭔 일이래?

-어? 저기 저 앞에 쟤. 옛날 타이탄 길드 샌지 아니냐?

-저 뒤쪽에는 호르발도 있는데? 그 있잖아. 옛날에 검은 벌 길드 소속이었던 마법사 랭커.

-그럼 얘네 또 싸우는 거?

-오늘 생일도 아닌데 이런 선물을 주시네ㅋㅋㅋㅋㅋㅋㅋ.

그 광경을 목격한 리벤지 길드원들이 빠르게 커뮤니티를 확인했다.

그들은 사색이 된 표정으로 샌지를 쳐다봤다.

"저, 정말로 방송 켜진 것 맞습니다!"

"시청자들도 계속 상승 중입니다. 벌써 4만…… 12만…… 32만……!"

카이의 라이브 방송은 사전에 공지조차 없었지만, 단숨에 실시간 인기 랭킹 1위를 차지했다. 심지어 방송을 하고 있던 다른 게이머들도 방송을 끄고 카이의 방송을 구경하러 올 정도였다.

"방송물 먹는 건 오랜만이지?"

카이의 도발에 샌지가 이빨을 갈며 눈을 질끈 감았다.

'마스터 분들, 죄송합니다…… 베일에 싸여 있어야 할 리벤지 길드의 전력이…….'

정말 웃기지도 않은 방법으로, 준비가 전혀 안 된 상태에서 세상에 공개되었다.

샌지는 붉게 충혈이 된 눈으로 카이를 노려보며 명령했다.

"공격해라!"

"아이스 랜스!"

"라이트닝!"

거의 명령이 끝남과 동시에 캐스팅이 완료된 마법들이 카이에게 날아들었다.

뿐만 아니라 다양한 무기를 꼬나쥔 근접 딜러들까지.

그들은 한 차례 훑어본 카이가 검을 뽑았다.

'우선은 거슬리는 마법부터.'

가볍게 검을 흔든 카이는 자신에게 날아드는 마법 스킬들을 쳐냈다.

콰르르릉!

그가 쳐낸 마법들은 뒤쪽으로 날아가며 애꿎은 땅과 나무를 강타했다.

"마, 마법을 피하는 게 아니라……."

"쳐냈다고?"

"이 괴물 같은 놈이!"

그 말도 안 되는 반사신경과 배짱, 그리고 검술에 리벤지 길드원들이 경악했다. 일반적으로 마법사들의 스킬은 '쳐내는 것'이 아니라, '피하는 것'이기 때문이다.

하지만 카이는 이를 피하기는커녕, 오히려 앞으로 걸어 나오며 마법을 무력화시켰다.

"자, 그 다음은……."

카이의 시선이 가장 가까이에 위치하던 무도가에게 돌아갔다.

'청풍. 전 타이탄 길드 소속 유저, 특이 사항은……'

"자신이 있다면 막아봐라!"

무도가인 청풍이 빛살처럼 달려 나오며 손바닥을 내질렀다.

그 공격은 청풍이 마나 절반이 담겨 있는 필살의 일격.

'발경 스킬을 소유하고 있다는 것.'

적의 방어 수치를 무시하고 생명력에 직접적인 타격을 가하는 레어 등급의 스킬이다.

당연한 말이지만, 발경 스킬은 방어를 한다고 막을 수 있는 것이 아니었다.

'그렇다면 안 맞으면 될 뿐이야.'

카이가 순식간에 왼손을 휘둘러 상대의 손목을 낚아챘다.

"엇……."

청풍의 눈동자가 커지려는 순간, 카이의 검 손잡이가 그의 턱을 올려쳤다.

콰득.

"크으…… 으……."

그 한 번의 공격에 스턴 상태에 빠진 청풍의 몸이 스르르 무너졌다.

카이는 자신을 향해 무너지는 청풍을 스쳐 지나가며, 그의 목덜미를 정확히 두 번 그었다.

서걱!

극성으로 펼쳐진 쾌검 덕분에, 살이 베이는 소리는 단 한 번만 울렸다.

털썩.

그 공격으로 체력이 바닥난 청풍의 몸이 폴리곤으로 변하며 전장에서 사라졌다.

"……."

그 모습을 지켜보던 리벤지 길드원들이 두 눈을 부릅떴다.

'뭐, 뭐지?'

'저런 움직임은 처음 본다.'

그만큼 두 사람의 격돌은 충격적이었다.

마치 처음부터 합을 짜고 펼친 것처럼 자연스러웠으니까.

카이가 이기고, 청풍이 죽는 것으로 끝나는 대본을 연기했다고 해도 믿을 수 있을 정도였다.

"정신 차려라!"

샌지의 호통이 길드원들의 정신을 되돌려놓았다.

"마법사들, 궁수들은 계속해서 견제! 전사들은 절대 혼자서 달려들지 마라!"

"예!"

청풍의 죽음 이후 전투의 양상이 달라졌다.

'언노운. 당연한 말이지만 녀석은 고만고만한 유저가 아니다.'

'최고 난이도의 던전 보스. 그런 녀석을 레이드한다고 가정하고 접근해야 해.'

'장기전으로 들어간다.'

리벤지 길드원들의 움직임이 더욱 신중해졌다. 하지만 신중해졌다는 건, 바꿔 말하면 그만큼 생각이 많아졌다는 뜻이기도 했다. 그 결과로 적들의 움직임은 한 템포 느려졌다.

'기회.'

눈을 번뜩인 카이가 돌연 바닥을 박찼다. 적들의 움직임이 느려지는 그 찰나의 순간, 카이는 진열을 흐트러뜨리며 돌진했다.

'놈들이 만든 무대 위에서 싸워줄 이유는 없지.'

본인이 날 뛸 수 있는 무대를 스스로 세팅하는 것.

그것이 무수히 많은 강자의 자격 중 하나였다.

"......"

부르르.

한쪽 무릎이 꿇린 샌지의 전신이 떨렸다. 땅에 박아놓은 창대에 기댄 그는 힘겹게 고개를 들어 주변을 둘러보았다.

바닥에서 반짝이고 있는 새하얀 폴리곤과 장비 아이템들.

그것들이 의미하는 바는 명확했다.

'......괴물 같은 놈.'

샌지를 포함한 11명의 유저들은 카이를 향해 쉴 새 없이 공격을 퍼부었다. 아무리 카이라고 해도, 최상위 랭커 11명이 쏟아내는 공격을 모두 피할 수는 없는 법.

당연히 그도 약간의 피해를 입기는 했다.

"......큭."

샌지는 고개를 들어 카이를 쳐다봤다.

'남은 체력이 96%라......'

최상위 랭커 12명이 모든 역량을 동원해서 덤볐지만, 깎은 체력은 고작 4%. 어디 가서 피해를 입혔다고 말하기에도 부끄러운 수치였다.

"대충 이 정도 실력인가."

혼자 중얼거린 카이는 검을 든 채 방어구가 완파된 샌지에게 다가갔다.

그는 자신을 노려보는 샌지에게 천천히 입을 열었다.

"골리앗과 스팅에게 가서 전해. 너희들이 먼저 시작한 전쟁이라고."

서걱!

샌지의 목에서 깔끔한 절삭음이 들렸다.

93장
고품격 예능 방송

　카이가 예고 없이 켰던 라이브 방송은 시청자 420만 명이라는 기염을 토해내며 막을 내렸다.

　당연히 그에 대한 반응은 폭발적이었고, 그것은 기자들이 탐낼 만한 소스이기도 했다.

[랭킹 1위 카이, 다시 한번 절대자 포스 뿜어내.]

[12명의 최상위 랭커를 12분 만에 요리하는 남자.]

[언노운 효과 다시 한번 입증. 라이브 방송 이후 커뮤니티의 동시 접속자 수, 42% 상승.]

[전 검은 벌, 타이탄 길드원들은 왜 그와 대립하는가?]

　누구든 한 번쯤 읽어보고 싶게 만드는 자극적인 제목의 기사가 줄줄이 쏟아져 나왔다. 당연한 말이지만 사람들은 이런 기사를 읽는 것 만으로는 만족하지 못했다.

-랭커 1명당 1분컷 실화냐?ㅋㅋㅋㅋ.

└움직임이 예술이다 진짜. 저거 실시간 라이브라서 편집이고 뭐고 할 수도 없는데.

└전지적 언노운 시점.

└나 남자인데 어제 언노운 형 방송보고 반할 것 같음ㅠㅠ.

└안 되겠다. 언노운 시리즈 정주행하러 간다.

└언노운 형님 신작 왜 안 찍으시는지 모르겠음ㅠㅠ.

└신작 같은 소리하네. 좀 떴다고 초심 잃고 예능이나 찍는 새끼한테 바랄 걸 바래라.

흔히 말하는 '언노운 효과'는 뜨거웠고, 어딜가나 그의 이야기가 끊이질 않았다. 게다가 일부의 사람들은 이번 영상을 가뭄 속 단비처럼 받아들였다.

└자, 그럼 어제에 이어서 다시 토론해봅시다.

└일단 1위는 유하린이겠죠?

└무슨 소리세요? 당연히 유하린보다는 크리스가 더 강하죠.

└아니 님들, 어제까지는 분명히 카이가 1위였잖아요?

└아, 그분은 천상계의 순위에 머무실 분이 아니라서 제외하였습니다.

바로 랭커들의 실력을 평가하며 순위를 매기는 사람들. 그들은 이번 일을 계기로 카이를 아예 천상계의 너머, 안드로메다계로 격상시켜 버렸다.

최상위 랭커 12명을 상대로 보여준 압도적인 파괴력과 수준 차이. 게다가 전투가 끝나고도 땀 한 방울 흘리지 않는 덤덤한 모습은 그러기엔 충분했으니까.

└언노운 너무 멋있다.
└원래 팬 아니었는데, 어제 영상보고 반했음ㅠㅠ.

심지어 그의 멋있는 모습에 새롭게 매료된 유저들에게는, 어김없이 한 통의 쪽지가 도착했다.

[내용 : 안녕하세요. 언노운 님 좋아하시나요? 저도 참 좋아하는데요. 그분에 대한 이야기는 공식 팬카페에서 더욱 활발하게 나누실 수 있습니다……]

마치 신도라도 모으듯, 회원 수를 늘려가는 언노운 공식 팬카페의 매니저들!

회원 수만 이미 170만명을 넘긴 그의 팬카페는 이미 상당한 영향력을 자랑하고 있었다.

└언노운 님이 출연하시는 예능 방영일이 드디어 내일모레네요.
└평소 모습은 어떠실지 기대돼요!
└어떤 모습이든 전 좋아할 겁니다.

카이가 타락의 성지에서 찍었던 예능(?) 프로그램의 방영일이 이틀 앞으로 다가왔다.

콰아아앙!
지하 깊숙한 곳에 자리한 동굴에서 굉음이 울렸다.
콰앙. 콰앙, 콰아앙!
"젠장! 젠장!"
고릴라처럼 씩씩거리는 골리앗이 동굴 벽을 강타할 때마다 나는 소리였다.
한참이나 동굴 벽을 두드리던 그가 돌연 고개를 돌렸다.
"분명히 흔적은 완벽하게 지웠다고 했을 텐데?"
그 질문에 답한 것은, 불쾌한 표정으로 자리에 앉아 있던 스팅이었다.

"지웠다."

"확실히 지운 것 맞나? 그런데 그놈이 어떻게 우리의 짓인 걸 알고 찾아온 거지?"

골리앗이 따지듯 묻자, 스팅이 눈을 날카롭게 번뜩이며 그를 노려봤다.

"지금 내 실력을 의심하는 건가?"

"의심이 아닌 확신이지. 그 일이 있고 난 후 바로 찾아왔으니까."

"개소리하지 마라. 설령 마탑의 탑주들이라고 해도 내 스킬을 역추적하는 건 불가능하다."

"개소리? 지금 내가 한 말을 개소리라고 한 건가?"

두 사람의 분위기가 험악해지자, 길드원들이 하얗게 질리며 동굴 벽에 붙었다.

결국 그 모습을 보다못한 라우스가 그들을 말렸다.

"두 분 진정하십시오. 이런 상황에서 아군끼리 싸우면 웃는 자는 결국 카이뿐입니다."

카이.

그 이름이 나오자 골리앗과 스팅이 인상을 찡그리며 서로 고개를 돌렸다.

"씹어 먹어도 시원찮을 녀석."

"방송 봤나?"

스팅의 물음에 골리앗이 고개를 한 번 끄덕였다.

"봤다."

"솔직히 너나 나나 우리 길드원들 12명과 싸워서 이기는 건 가능하지. 하지만…… 그렇게 압도적으로, 게다가 12분이라는 시간에 이기는 건 불가능하다."

객관적인 분석과 평가에 얻어맞은 골리앗이 애꿎은 돌멩이를 걷어찼다.

"젠장! 그게 가장 화가 나는 부분이다. 얻어맞았는데 반격을 할 수 없으니까."

살면서 이렇게까지 무력함을 느낀 적은 처음이었다. 불과 며칠 전만 해도 복수의 날이 오기를 손꼽아 기다리고 있었던 터라 씁쓸함은 더욱 컸다.

두 사람이 우울한 분위기를 뿜어내며 말이 없자, 길드원들은 가시방석에 앉은 심정이었다.

그들을 구원한 것은 때마침 도착한 하나의 메시지였다.

"음?"

"이건……."

물론 메시지를 받은 건 그들이 아닌, 두 명의 마스터였다.

그들은 메시지의 내용을 확인하더니 서로의 눈을 쳐다봤다.

"설마……."

"너도?"

그 질문으로 대답을 얻어낸 두 사람의 머리가 빠르게 굴러 가기 시작했다.

[쟈오 린]

자신들에게 동시에 메시지를 보낸 것은, 다름 아닌 흑룡 길 드의 마스터였으니까.

['골리앗'님이 채팅방에 입장했습니다.]
['스팅'님이 채팅방에 입장했습니다.]

두 사람이 채팅방에 들어오자, 기다리던 있던 자가 말을 건넸다.

-쟈오 린: 다들 오랜만이군. 잘 지냈나?
-스팅: 용건.
-쟈오 린: 성격 급한 건 여전하군.
-스팅: 우리가 이런 식으로 대화를 나눌 사이는 아니니까.
-쟈오 린: 사람 앞날이란 건 모르는 것 아닌가. 애초에 나는 너희 두

사람이 손을 잡았다는 것도 아직 믿기지가 않는데.

　-골리앗: 서론이 길어지는군.

　골리앗과 스팅이 불쾌함을 드러내자, 쟈오 린이 본론을 꺼내 들었다.

　-쟈오 린: 죽 하나는 잘 맞는군. 그렇다면 본론부터 말하지. 나와 손을 잡자.

　그의 돌발적인 동맹 제안에 스팅과 골리앗의 말이 멈췄다.
　그는 길드원 수만 2천만 명을 돌파한 흑룡 길드의 주인. 당연히 손을 잡는다면 이득이 되면 되었지, 손해를 볼 부분은 없었다.

　-스팅: 조건은?
　-쟈오 린: 작전의 실행과 지휘는 이쪽에서.
　-골리앗: 그냥 밑으로 들어오라고 속 시원하게 말하지 그러나?

　말만 동맹이지, 두 사람을 휘하로 거두겠다는 의미나 다름이 없었다. 하지만 쟈오 린은 당당했다.

　-쟈오 린: 그게 아니라면 내가 뭐가 아쉬워서 너희 두 사람에게 동맹

을 제안하지? 설마 흑룡의 2천만 구성원이 너희의 뒷바라지를 해주기를 바라는 건가?

　-골리앗: 지금 그걸 말이라고!

　-스팅: …….

골리앗은 분통을 터뜨렸지만, 스팅은 아무 말 없이 침묵을 고수했다. 분하지만 그의 말이 맞았으니까.

물론 자신과 골리앗이 신화 등급 클래스의 소유자라지만, 바꿔 말하면 내세울 게 그것밖에 없었다.

'반면 흑룡 길드는…… 단일 세력으로는 미드 온라인 최강이다.'

우선 길드원들의 머릿수부터 압도적이다.

중국이라는 나라는 세계에서 인구수가 가장 많은 나라. 게다가 중국 정부에서 중화민족주의를 강조하며 중국인들의 단결을 어린 시절부터 강조한다. 때문에 중국인들의 서로 뭉치려는 습성은 세계의 어느 국가보다도 뛰어났다. 그리고 그 습성을 이용해 미드 온라인에 초거대 길드를 만든 것이 바로 쟈오린이었다.

"골리앗. 진정해라."

스팅은 옆에서 주먹을 부르르 떨어대고 있는 골리앗을 진정시켰다.

"진정? 지금 저 새끼가 하는 말을 이해 못 한 거냐? 말이 동맹이지 우리를 개처럼 부려먹겠다는 뜻과 뭐가 다르지?"

"재미있군. 타이탄 길드의 슬로건이 약육강식 아니었나?"

움찔.

스팅의 지적에 골리앗이 인상을 찡그렸다. 확실히 타이탄 길드는 강한 자가 모든 것을 거머쥔다는 논리로 돌아가던 집단이었으니까.

"그럼 네놈은 지금 우리가 사이좋게 손잡고 저 중국 놈 밑으로 들어가야 된다는 건가?"

"그럴 리가. 저놈이 우리를 이용하듯, 우리도 저놈을 이용하면 될 뿐이지."

"……흑룡 길드를 이용한다고?"

스팅의 말에 골리앗이 솔깃한 표정을 지었다.

"그래, 이용이다. 애초에 저놈이 이 시점에서 우리를 왜 포섭하려고 하겠나."

"그야……."

골리앗이 꿀 먹은 벙어리처럼 입을 다물었다.

그들은 이번에 카이의 위대함을 돋보이게 만들어주는 엑스트라. 그 이상도 이하도 아니었다.

실제로 커뮤니티의 게시판에 가보면 골리앗과 스팅을 비웃는 글들이 셀 수도 없이 많았다.

"놈이 우리와 동맹을 제안하는 이유는 명분 때문이다."

"명분이라니?"

"그놈은 예전부터 라시온 왕국 진출을 노리고 있었거든."

스팅의 말에 골리앗이 알 것 같다는 표정을 지으며 고개를 끄덕였다.

"……하긴, 쟈오 린 녀석은 예전부터 리버티아 영지가 탐난다는 뉘앙스를 풍기긴 했지."

"그래. 흑룡 길드는 무분별한 공성전과 사냥터 독점으로 현재 알데바란 왕국에서 엄청난 비난을 받고 있는 중이다."

흑룡 길드의 본거지는 라시온 왕국이 아닌 알데바란 왕국.

그들은 리버티아를 마음껏 공격할 수 없는 입장이었다.

흑룡의 이름을 걸고 국경을 넘는 순간, 그건 알데바란 왕국과 라시온 왕국의 전쟁이 되니까.

"아하, 그래서 라시온 왕국인인 우리에게 바지 사장 역할을 맡겨서 명분을 챙기는 건가?"

"……설마 이 정도도 파악하지 못한 거냐."

스팅이 잔소리를 하자 골리앗이 성질을 냈다.

"흥, 책상에 앉아서 펜대나 굴리는 샌님 역할은 나와 맞지 않는다."

이러니저러니 해도, 골리앗은 스팅의 말을 듣고 생각을 바꿨다.

"확실히 흑룡 쪽에서 우리를 지원해 준다면…… 나쁜 제안은 아니군."

"게다가 그놈은 우리가 어떤 직업을 손에 넣었는지에 대해서 모르고 있지."

스팅의 말에 골리앗이 씨익 웃었다.

"그렇군. 흑룡의 지붕 아래에서 힘을 키우자는 건가."

"최고의 피난처가 될 것이다."

서로를 향해 비열한 웃음을 날린 두 사람이 다시 가상 키보드를 두드렸다.

-골리앗: 생각해 보니 아까는 내가 너무 감정적으로 대한 것 같군. 사과하지.

-스팅: 동맹 제안에 관심이 있다. 좀 더 자세한 사항에 대해서 논의를 나누고 싶은데……

-쟈오 린: 좋은 선택이다.

세 사람의 대화는 늦게까지 이어졌다.

"없는 건가."

전투를 끝낸 카이는 다시 와이번 폼의 미믹 위에 올라타 몽환의 숲을 꼼꼼하게 둘러보았다. 하지만 몽환의 숲 내부에서는 추가적인 리벤지 길드원들을 발견할 수 없었다.

'그렇다면…… 몽환의 숲 내부에 던전이 있거나, 아니면 벌써 튀었거나. 둘 중 하나겠네.'

가장 중요한 스팅과 골리앗을 잡지 못했다는 것이 아쉬움으로 남았다.

"하지만 어쩔 수 없지."

천공의 주시자 스킬로도 찾지 못한다면, 현재 자신의 힘으로는 못 찾는다는 소리였으니까.

'조금 아쉽기는 하지만 경고는 충분히 해둔 상태고.'

멋있는 대화와 함께 샌지를 처단하던 장면은 이미 수많은 패러디를 양산시키며 인터넷에 움짤의 형태로 돌아다니는 중이었다.

"미믹, 돌아가자."

"끼룩, 끼룩!"

카이의 명령에 크게 날갯짓을 한 미믹은 숲의 상공을 벗어났다.

미드 온라인에는 다양한 현대의 음식을 파는 가게들이 입점한 상태였다. 그중 NPC들의 입맛을 단번에 사로잡은 건 단연 치킨이었다.

닭 요리라고는 굽거나 튀겨서 소금, 후추 간을 하던 게 전부인 이들에게, 현대의 온갖 맛이 나는 치킨은 보물이나 다름없었으니까.

퇴직금을 부어 미드 온라인에 치킨집을 차리면, 제2의 전성기가 열린다는 소문이 있을 정도로 치킨집은 항상 손님들로 붐볐다.

"사장님! 여기 맥주 두 통 주세요!"

"양념 치킨 네 마리 더 주문할게요!"

화이트홀 영지에 위치한 한 치킨집에는 평상시보다 훨씬 더 많은 손님들이 찾아왔다.

"드디어 이날이 오고야 말았군."

카운터에서 몰려드는 손님들을 쳐다보던 치킨집 사장이 중얼거렸다.

"사장님. 오늘 왜 이렇게 손님이 많아요?"

쉴 새 없이 치킨을 나르던 알바생이 잔뜩 울상을 지으며 묻자, 사장이 한쪽 벽면에 달아놓은 거대한 홀로그램 스크린을 쳐다보며 말했다.

"매출의 신께서 방송에 나오시는 날이거든."

"예?"

"기억해라. 그분이 방송을 타시는 날에는, 전국 치킨집의 매출이 최소 두 배는 상승한다."

"그게 무슨……."

혼란스러워하는 알바생을 뒤로한 사장은 스크린을 쳐다보았다. 동시에 사람들이 맥주잔을 머리 높이 들어 올리며 소리쳤다.

"광고 시작한다!"

"부어! 마셔!"

"건배애!"

예능 프로그램에서 천상계의 랭커들을 섭외하려고 눈에 불을 키는 이유는 간단했다. 그만큼 시청률이 잘 나오니까.

하물며 자타공인 넘사벽 플레이어인 카이라면? 두말할 필요도 없었다.

"흐흐. 오늘만 기다렸다고."

"게임의 최강자는 과연 어떤 식으로 사냥을 하는지 볼 수 있겠어."

"방송을 통해 그의 사냥법을 일부나마 배운다면, 정체된 내 레벨 업 속도도 빨라지겠지."

카이가 평소 사냥하는 모습을 보면서 무엇인가를 배우려는 사람들.

"어디, 안드로메다계의 랭커님은 어떤 식으로 사냥을 하는지 구경이나 해볼까?"

"언노운의 던전 공략기라. 기대되는군."

심지어 그를 경쟁 상대로 여기는 8대 길드의 마스터들마저

본방송 시간을 사수했다.

모두의 기대 속에서, 프로그램 '절대자의 던전'이 천천히 방영되었다.

2부작으로 편성된 절대자의 던전은 한 편당 1시간 정도의 런닝 타임을 지니고 있었다.

당연히 며칠 동안 이루어진 이야기를 모두 담아내기에는 턱없이 부족한 시간. 하지만 영상 편집의 대가인 마이클 레이놀드와 예능국 출신의 김인하 PD는 분량의 완급 조절과 유머 포인트를 예술적으로 뽑아내는 데 성공했다.

덕분에 방송은 시작과 동시에 파란을 몰고 왔다.

"아니, 언노운 인맥 실화냐? 파티원에 무슨 설은영이 있어?"

"대박은 따로 있지. 랭킹 2위의 그 유하린이 있는데."

"그런데 발터? 이 듣보잡 탱커는 누구냐?"

"휘몰이 길드의 서브 탱커라는데? 언노운 친구래."

"앗, 나 이 사람은 잡지에서 봤어. 마이클 레이놀드면 해외에서 엄청 유명한 사람이잖아?"

이타카 밀림에서 서로 어색한 인사를 나누는 다섯 명의 사람들. 특히 약탈자들의 왕 베이거스 레이드를 기억하는 사람들은, 설은영과 유하린의 재결합을 재밌어했다.

"한때는 고용주랑 용병의 관계였는데, 이번엔 파티원으로 만나네."

"역시 사람 일은 알다가도 모르는 거라니까."

시청자들은 그런 깨알 같은 재미에 피식 웃음을 터뜨렸다.

이어서 던전 내부로 진입하는 파티원들. 동시에, 카이가 예전에 느꼈던 감정을 수많은 사람들이 공감해 주었다.

"보는 내가 다 열 받네. 개미굴 타입에 섬멸형, 거기에 플로어 형식까지?"

"페가수스 놈들 양심 없는 거 보소."

"나 같으면 저기서 던전 때려치우고 나갔다. 아, 섬멸형이라서 못 나가지?"

"어? 그런데 바로 사냥 시작하네?"

듣보잡 탱커라 불리던 발터는 우려와는 달리, 안정적인 방어 능력을 보여주며 선두를 맡았다.

"발터라고 했나? 생각보다 실력이 쓸 만해."

"하긴, 휘몰이 길드는 세계적인 레벨이 아니다 뿐이지, 국내에서는 제법 알아주는 편이니까."

사냥은 큰 위기 없이 아주 무난하게 진행되었다.

휴식 시간마다 카이는 깨알 같은 팁들을 알려줬고, 마이클의 인터뷰는 시청자들의 웃음을 자아냈다.

하지만 시청자들이 무엇보다 가장 재미있어하는 부분은, 평소에는 만나는 것조차 힘든 멤버들이 서로 일상적인 대화를 하는 장면이었다.

"설은영은 엄청 깐깐한 여자일 줄 알았는데, 꼭 그렇지만은 않잖아?"

"유하린은 그대로네. 말이 없어."

"언노운은 생각보다 훨씬 평범한데? 뭔가 말 한 마디 한 마디에 위엄이 넘칠 줄 알았는데."

예능을 보던 시청자들은 각기 다른 매력을 지닌 멤버들에게 조금씩 빠져들기 시작했다.

사실 예능 프로그램이라고 항상 자극적인 내용이 들어 있어야 하는 것은 아니다.

힐링 프로그램이라는 말이 왜 생겼겠는가. 바쁘고 고단한 일상에 지친 사람들은 별것 아닌 소소한 행복에도 감사함을 느끼는 법이었다.

카이가 출연한 예능이 딱 그러했다.

던전이 진행되면서 점점 친해지는 멤버들. 그들이 아무렇지도 않게 나누는 소소한 대화조차도 지켜보는 이들에게는 신선할 따름이었다.

　물론 그것이 방송 내용의 전부는 아니었다. 마이클 레이놀드와 김인하 PD는 자신들의 천재적인 감각을 이용하여, 시청자들이 다섯 명의 멤버들에게 자연스럽게 몰입할 수 있도록 내용 구성을 잘 짜놓았다.

　그 결과, 시청자들은 아주 자연스럽게 그들의 이야기에 빠져들 수 있었다.

　거대한 공터에서 발터가 천 마리에 이르는 돌연변이 구울들을 막아낼 때는 모두가 숨을 죽인 채 그를 응원했고, 마이클의 몸이 번쩍번쩍 빛나며 폭업을 할 때는 모두가 부럽다는 표정을 지으며 엉덩이를 들썩거렸다.

　심지어 카이와 유하린이 갑작스럽게 선보인 호흡을 맞춰 보스 몬스터를 상대하는 장면에서는 치킨집 곳곳에서 휘파람 소리가 터져 나왔다.

　이윽고 전투가 끝났을 때. 시청자들은 마치 자신이 사냥을 끝낸 것 같은 노곤함을 느끼기도 했다.

　-그럼 질질 끌 것 없이 다음 층으로 가죠.

　하지만 한 번 시작된 이야기에는 끝이 있어야 하는 법.

[새로운 타입의 던전을 발견했습니다.]

[발견된 던전의 타입은 '도시'입니다.]

[모든 도시 주민들을 처치하여 던전을 공략하십시오.]

마이클은 1부의 결말을 아침 드라마처럼 절묘하게 끊어놓았다. 1부를 시청한 사람들이 2부를 보지 않으면 아주 찜찜한 기분이 느껴질 정도로, 기가 막히게.

당연히 그 반응은 폭발적이었다.

"도시형 던전이라고? 이거 세계 최초 발견 아니냐?"

"주민들을 해치우는 게 던전 클리어 조건이라니…… 대체 주민들이 누구길래?"

"아니, 일주일까지 어떻게 기다리라고?"

"주변에 NET미디어에서 근무하는 친구 누구 없나? 궁금해서 미치겠네."

여운에 잠긴 시청자들은 빈 맥주잔과 치킨 바구니를 쳐다보며 각자 생각에 잠겼다.

잠시 후, 그들은 추가 메뉴를 시키며 자신들의 생각과 이야기를 나누었다.

"뭐랄까, 굉장히 서정적인 프로그램이었어."

"웅. 조미료를 넣지 않은, 그래서 굉장히 순한 맛이 나는 음식을 먹은 기분이랄까.'"

마이클과 김인하 PD가 절대자의 던전을 편집하며 노린 부분이 바로 그것이었다.

'1부는 잔잔하게, 그리고 2부에서 쾅!'

사람의 감정이란 세게 흔들기만 한다고 출렁이는 것이 아니었다.

마이클은 그러한 사실을 잘 알고 있었기 때문에 1부를 최대한 잔잔하게 구성했다. 애초에 대본도 없이 찍은 예능이라 모두가 솔직했기에 가능한 일이기도 했다.

"……흠."

자신의 방에서 프로그램을 모두 시청한 정우도 살짝 여운에 잠긴 표정을 짓고 있었다.

'던전을 공략할 때는 잘 몰랐는데, 우리는 생각보다 훨씬 더 많은 대화를 나눴구나.'

물론 유하린은 1층에서 단 한마디도 안 하고 고개를 끄덕이거나 젓은 것이 전부였지만.

"이거, 나도 일주일을 기다려야 하나?"

정우가 맥주를 홀짝이며 중얼거렸다.

심리적 시간이라는 말이 있다.

쉽게 설명하자면, 본인의 기분에 따라 평소와 똑같이 흘러가는 시간이 더 길게 느껴질 수도, 더 짧게 느껴질 수도 있다는 뜻이다.

오죽하면 미국에서 영국까지 가장 빨리 가는 방법은, 사랑하는 사람과 함께 가는 것이라는 우스갯소리까지 있겠는가?

"사장님! 여기 맥주 두 통…… 아니, 네 통 주세요!"

"양념 치킨 여섯 마리 갖다 주세요!"

사실 절대자의 던전 1화의 초반 시청률은 생각보다 저조했다. 온갖 자극적인 소스와 양념으로 이야기를 풀어나가는 다른 예능에 비해, 절대자의 던전은 초반의 화려한 파티 구성원을 보여줬던 것을 빼면 별다른 임팩트가 없었기 때문이다.

하지만 절대자의 던전은 봄비에 옷을 적시듯, 잔잔한 이야기로 시청자들의 이탈을 막았다.

덕분에 시청률은 줄어들지를 않고, 오히려 시간이 흐를수록 쌓여가면서 총 27%. 동 시간대 최고 시청률을 갱신하며 막을 내렸다.

"어우, 무슨 일주일이 한 달처럼 느껴졌어."

"이제 즐기자고. 2층의 도시 던전을 공략하는 모습을 보기만 하면 되니까."

사람들의 기대 속에 절대자의 던전 2층이 천천히 쓰고 있던 베일을 벗었다.

결과적으로 절대자의 던전 2화는 대박을 터뜨렸다.

카이의 손에서 지옥의 불길이 튀어나오고 도시를 불바다로 만들어 버렸을 때. 거기에 더해 도시 전체에 푸른 역병의 독안개가 퍼졌을 때. 마지막으로 그가 일으킨 죽음의 군단이 흑색 성채에서 도망쳐 나오는 뱀파이어 군단을 도륙했을 때는 커뮤니티가 폭주하는 트래픽을 감당하지 못하고 순간적으로 서버가 멈출 정도였다.

차박, 차박.

뱀파이어들이 흘린 피의 웅덩이를 무심한 표정으로 지나가는 언노운의 모습은 오싹할 정도.

그 모습에 시청자들도 저도 모르게 몸을 부르르 떨었다.

-와…… 간지 작살난다.

-아니, 침공 이벤트 때 저 듀라한들 본 적은 있는데, 그때는 이렇게까지 안 강했는데?

└듀라한들이 입고 있는 장비를 봐. 웬만한 플레이어보다 장비 수준이 높구만ㅋㅋㅋㅋ

그리고 이어지는 대망의 파이널 매치!

데스몬드의 흡혈을 견뎌내며 그의 옆구리를 미친 듯이 찔러대는 모습이 방영되자, 시청자들은 고개를 절레절레 흔들었다.

-미친놈이네……

-완전 목숨 내놓고 싸우는데?

-확실히 랭킹 1위를 하려면 저 정도 똘끼랑 독기는 있어야 하는 거구나.

-근데 이게 왜 예능이야?

└모르지. 카이 입장에서는 산책이라도 하는 것처럼 설렁설렁 찍었을 수도.

└에이 설마…….

데스몬드가 쓰러지고, 그가 카이의 펫이 되는 장면은 당연하지만 삭제되었다. 그것은 이제 카이가 지닌 비장의 한 수 중하나가 되었으니까.

-마지막 순간 달을 보고 싶어 하던 뱀파이어라…….

-짜식, 몬스터 주제에 시큰하게 만드네.

폭풍 같던 전쟁 장면이 지나가자, 절대자의 던전은 특유의 잔잔한 분위기를 되찾았다.

쿠구, 쿠구구궁.

모든 전투가 끝나자 일행들이 서 있던 던전이 지상으로 솟아올랐고 뱀파이어들의 성지, 브룩하임은 세상에 공개되었다.

-브룩하임! 종족을 뱀파이어로 변경할 수 있다고 알려진 곳 아니야?

-아직 아무도 방문하지 못했다고 들었는데…….

-언빌리버블! 뱀파이어가 나올 때 설마 했는데, 이걸 발견한 게 카이였어?

└진짜 혼자 다 해 먹는 것 같음ㅋㅋㅋㅋㅋ.

-주변 지형 파악 끝났다. 지금 당장 브룩하임으로 간다.

-혹시 아무나 브룩하임을 발견하시면 좌표 좀 주세요. 사례금은 드리겠습니다.

프로그램에 맛집이라고 음식점 하나만 소개되어도 다음 날이면 그 가게는 인산인해를 이룬다. 하물며 브룩하임은 뱀파이어들의 성지이자 종족을 바꿀 수 있다고 알려진 도시였다.

여태껏 수많은 플레이어가 찾아다녔지만, 이타카 밀림의 특성상 쉽게 찾을 수 없던 장소!

그런 장소의 위치가 방송을 통해 어느 정도 드러났다.

-가즈아! 브룩하임으로!

-크큭, 밤의 귀족이 될 기회를 얻을 수 있단 말인가.

그날 밤, 전 세계의 미드 온라인 동시 접속자 수는 전날과
비교해 7%가량 상승했다.

To Be Continued